復讐したい

ブックデザイン　鈴木成一デザイン室
カバーＣＧ　桑原大介
カバー画像提供　日本スペースイメージング株式会社

プロローグ

二〇二〇年六月十四日、宗教団体『世界プラーナ教団』教祖、神河聖徳《かみかわせいとく》を逮捕するため、群馬県勘田村にある教団施設、『第四クティール』一帯の強制捜査が始まった。

三百名の警視庁捜査員、群馬県警捜査員、更に自衛官も応援にかけつけ、建物面積千坪にも及ぶ教団施設を一気に取り囲み、即座に一帯を全面封鎖、付近住民を避難させた。

二週間前、日本中が震撼《しんかん》した。

神河聖徳は、不動産訴訟問題で、教団と対立する板垣智也《いたがきともや》弁護士と、その家族を教団信者に殺害するよう命じ、弁護士と妻、そして四歳になる娘を殺害。

同日、教団熊谷《くまがや》支部立ち退《の》きを求める訴訟を担当する判事殺害を目的として、判事の住むマンションに猛毒ガス「ソマン」を散布させ、判事を含む五人を殺害。

更に神河聖徳は、教団への捜査の攪乱《かくらん》を目的に、二子《ふたこ》玉川《たまがわ》のデパートにもソマンを散布

4

された。
させた。この無差別テロにより三十人が死亡、五十人が目や喉《のど》の痛みを訴え、病院に搬送
各報道機関は連日連夜世界プラーナ教団の事件を報道。世間は、日本犯罪史上最悪とも
いわれるこの凶悪事件一色となった。
警視庁は事件発生から今日までの間に事件に関わった教団信者二十六人を逮捕。残る神
河聖徳とその他の幹部は『第四クティール』に潜伏しているとの情報が入っている。
教団施設周辺は異様な静けさが漂い、三百人の捜査員は緊張の色を浮かべている。前列
の捜査員は防弾盾をかまえ、その後ろに並ぶ全ての捜査員の手には拳銃が握られている。
全捜査員が拳銃を所持するのは極々希《ごくごくまれ》なことである。だが、世界プラーナ教団は自動小
銃の密造や化学兵器の生産を行っており、武装化しているのは明白だった。
捜査員たちの最後方には指揮官が立ち、右手にはトランシーバーが握られている。突入
の準備が整うと、指揮官は警視庁の上層部と連絡を取り、午前十時三十二分、全捜査員に
突入命令を発した。
捜査員は一斉に教団施設に突入。居住スペース、修行部屋、実験室等、中にいた幹部・
信者を確保、次々と証拠品を押収していく。しかし教祖である神河聖徳の姿はどこにもな
く、捜査員たちに焦りの色が見え始める。信者たちは一切抵抗せず、動揺した様子すら見
せないのである。

捜査員たちの脳裏に、神河聖徳は『第四クティール』には潜伏していないのではないかという疑念が過《よ》ぎる。

動きがあったのはそれから二時間半後のことであった。教団施設の屋根裏に、一人の男が横たわっているとの報告が入ったのだ。

五人の捜査員が慎重に屋根裏に踏み込み、白装束を纏《まと》った、髪の長い髭の男に声をかけた。

「神河か？」

声が微《かす》かに震えていた。白装束を纏った髪の長い男は微動だにせず、目を閉じながら、

「はい……」

と弱々しく自認したのだった。

捜査員たちは神河をその場から表へ連れ出し、午後一時十一分、世界プラーナ教団教祖、神河聖徳を緊急逮捕した。

神河は無数のフラッシュを浴びながら警察車両に連れていかれる。

全国に一万以上の信者を持つ神河聖徳は、自らを日本の救世主と呼び、日本を支配し、国王になることを空想し続けたが、この時『国王』とは程遠く、みすぼらしく憔悴《しょうすい》しきった姿だった。

神河聖徳が警察車両に乗せられると、民放局の女性アナウンサーがカメラを振り返り、

神河聖徳が逮捕されたことを改めて伝えた。次に、二週間前の事件をまとめ、逮捕までの詳細を説明した。そして最後に女性アナウンサーは、被害者遺族は『裁判』を行うのでしょうか、それとも『復讐』を選択するのでしょうか、と興奮した口調で叫んだのだった。

地下鉄外苑前駅に続く外苑西通り沿いを、高橋泰之《たかはしやすゆき》は息せき切って走っていた。歩道を歩く会社帰りのサラリーマンやＯＬが一人二人と振り返る。皆、何をそんなに急ぐことがあるのだろうというような目で泰之を眺める。

幼い頃から運動が不得意だった泰之の走り方は不格好であり、一瞬躓《つまず》くと周囲からあっと声が上がった。かろうじて転ばずに済んだが、周りの人間から笑われているのを見て泰之は顔を赤らめた。

赤信号であろうが関係なく横断歩道を渡ると、横からやってきた車にしつこくクラクションを鳴らされた。泰之は小さな声で、ごめんなさあいと言いながら駆け抜ける。

走りながら泰之は、滴り落ちる汗をハンカチで拭《ぬぐ》った。身体《からだ》中燃えているように熱く、スーツは汗で滲《にじ》んでいた。梅雨空だが、雨が降っていないことだけが救いだった。これで雨が降ってきたら最悪だ、と泰之は思った。慌てて会社を出たため傘を持ってくるのを忘れたのだ。

大手不動産会社に勤務する泰之はこの日、先日竣工した『西麻布《にしあざぶ》タワーマンション』の内覧説明会に出ていたのだが、予定より一時間半もオーバーしてしまい、会社を出たのは七時十五分だった。

レストランは七時半に予約している。タクシーに乗ればすぐの距離だが、生憎《あいにく》外苑西通りは大渋滞である。泰之は、後方から車の間を縫うようにして走り去るバイクを見て、乗せていってくれと切実な声で言った。

レストランに到着したのは七時四十分だった。宮殿を彷彿《ほうふつ》させるような、高級感のある白い外観。車寄せにはセンチュリーが一台停まっており、運転手が待機している。

間接照明で照らされた石畳を歩き、泰之は汗を拭うと息を整え扉を開いた。

受付の前に立っていた黒いスーツを着た男性がやってきて、いらっしゃいませと上品な口調で挨拶し、深々と頭を下げた。

滅多《めった》に高級レストランになど来ることのない泰之は、恐縮しながら男性の後ろをついていく。

奥へ案内された泰之は、白のワンピースを着た妻、泉《いずみ》に軽く手を上げた。泉も泰之に手を振った。泉は普段結婚指輪しか付けていないが、今日は〇・五カラットの婚約指輪もはめていた。

泉は、泰之が近くに来るとクスリと笑った。汗で髪の毛が乱れ、赤ん坊のように頰《ほお》が紅潮していたからだ。

椅子に腰掛けた泰之は、案内係の男性がいなくなったのを確認すると、

「参ったよ。内覧会が一時間半も押したんだ」

「お疲れさま。大変だったわね」

泉は心底労《ねぎら》うような口調で言った。

泰之は両手を合わせ、

「遅れて、ごめんね」

と泉の機嫌を伺うように可愛らしく謝った。泉は腕時計を見ながら、

「あと十五分遅れてたら一人で始めてたけどね」

と冗談っぽく言った。

泰之は早速ドリンクメニューを開き、店員にグラスシャンパンを頼んだ。泉も同じものを注文した。二人とも普段お酒は飲まないが、今日は特別である。

二人の前にシャンパングラスが運ばれシャンパンが注《つ》がれる。泉は落ち着いているが、不慣れな泰之は高級店でシャンパンを注がれるだけで妙にそわそわした。

二人はシャンパングラスをそっと手に取る。泰之は洒落《しゃれ》た言葉が見つからず、

「乾杯」

と恥ずかしそうに言って、グラスに口をつけた。泉は一口飲んでテーブルにグラスを置いたが、喉がカラカラの泰之は我慢できず一気に飲み干してしまった。その後すぐに店員に水を一杯くださいと言い、運ばれてきた水も一気に飲み干した。泉はそんな子供っぽい泰之に呆《あき》れたような笑みを浮かべた。今日は『二人の結婚一周年記念日』だというのに、ロマンチックのかけらもなかった。泰之はいつもこんな調子なのだ。

泰之と泉が知り合ったのは五年前、お互い二十三の時であった。二人は共通の知人を通じて出会ったのだが、泰之はたった一日で、付き合いたいという想いを通り越してこの人と結婚したいと思ったのだった。

それは生まれて初めての感情だった。

美しい顔立ち、品のある佇《たたず》まい。無論外見だけではない。慎ましさと聡明さを併せ持ち、更に外見とは裏腹に、とても家庭的な女性だということを知ったからであった。泉は全て泰之の理想どおりの女性だった。

泰之はそれ以来泉に猛アタックし、適当な理由をつけて何度もデートに誘った。泰之はとても容姿端麗とはいえず、性格もまだまだ子供じみたところがあり、泉のような容姿端麗で大人っぽい女性は高嶺《たかね》の花だったが、熱心な想いが伝わり、いや最後は泉が根負けし、二人は交際することになった。そして四年間の交際を経て、去年の六月二十日に入籍したのである。

現在二人は等々力《とどろき》の新築マンションで生活している。今年の三月に購入したのだ。二人で千五百万円頭金を入れたが、まだ四千万円のローンが残っている。

泉はコース料理のメニューを見た途端、

「ちょっと奮発しすぎなんじゃないの。私が家で作ってお祝いしてもよかったわね」

そう言ったのは、ローンのことが微かに頭を過ぎったのと、もう一つは、泉自身が料理の専門家であるからだった。

調理師の資格を持つ泉は、一昨年まで料理教室の講師として働いていたが、去年の一月、二子玉川に、主婦をターゲットにしたクッキングスタジオをオープンしたのだ。

狭いスタジオだが経営は順調だった。三カ月前人気女性雑誌の取材を受けたのだが、それ以来生徒数が急速に伸び、現在ではブログを更新すれば三万件以上のアクセスがあるほど、泉は東京に住む主婦の間ではちょっとした有名人になっていた。

「まあまあ、今日は堅いこと言わないでさ。せっかくの結婚記念日なんだから」

泉はフフフと笑い、

「そうね」

と言った。

泰之は店員を呼び、一人一万五千円のフレンチコースを注文した。

スープが運ばれてくると泉はまず最初に香りを楽しみ、ゆっくりスープを口に運ぶと、使われている食材を泰之に専門家らしく説明した。

一方、ディナーに備えて昼から何も食べていない泰之は食材どころではなく、あっという間にスープを飲み干した。次に出た料理もすぐに平らげ、メイン料理では喉を詰まらせる場面があり、泉に母親のように注意されてしまった。


泰之は、最後のデザートが来る直前になって急に緊張した面持ちとなりソワソワしだした。泉がふとナプキンの位置を直した瞬間、タイミングを見計らって内ポケットからプレゼントを出すと、それを泉に差し出した。

「これ、開けてみて」

泉の目を見ず、頬を赤らめながら言った。

泉は心底驚いた様子を見せ、丁寧に包み紙をはがしていく。

中にはカルティエのハート形のネックレスが入っていた。

「そんなに高いものじゃないけどさ。これからもよろしく、ということで」

泉は嬉しそうにネックレスを見つめ、

「つけてくれる?」

と言った。泰之は周りの目を気にしながら立ち上がると、恥ずかしそうにネックレスをつけた。

泉は人差し指でネックレスを触ると、

「どう？」

と尋ねた。泰之は素直には褒めず、

「まあまあかな」

と言ったのだった。

泉はフフフと笑い、

「ありがとう、ヤスちゃん」

気持ちを込めて言った。

間もなくデザートが来たのだが、二人が注文したデザートの他にケーキが運ばれてきた。中央には『結婚一周年おめでとうございます』と書かれてあった。

これも泰之が手配したものだった。泰之のサプライズに泉はとても幸せそうな表情を浮かべていた。

フロアスタッフはデジカメを用意しており、泰之を泉の横に座らせた。泉は自然な表情だが、写真を撮られることにあまり慣れていない泰之は硬い顔つきである。

「ご主人、もっと笑って」

ハイ、チーズ。

フロアスタッフがシャッターを切る間際、泰之は後で泉を笑わせることを思いつき、泉には気づかれぬようさり気なくふざけた顔を作ったのだった。二人でこの写真を見ることを想像して、つい笑顔になった。


翌日は朝から本降りで、少し動いただけで汗が滲むほどジットリとした嫌な日であった。泰之と泉は一緒に家を出、泰之はいつもどおり九時半に出社した。

この日泰之は、昨日とは別のマンションのモデルルーム会場の案内係を任された。半年後に竣工するマンションで、場所は渋谷区広尾。地下一階地上三階、総戸数十七戸。全室百平米を超える、富裕層をターゲットにしたハイグレードマンションである。

玄関とリビングは床と壁が総大理石であり、主寝室は一変、和モダンで仕上げられている。キッチン、パウダールームはヨーロッパの高級ホテルを彷彿とさせるような造りとなっており、浴槽にはジェットバスが取り入れられている。

今日は日曜日ということもあって、午後になると多くの客が訪れた。

泰之が最初に担当したのは、五十過ぎの夫婦だった。一等地のマンションの見学に訪れるだけあって風格と余裕がある。

泰之はモデルルームに案内すると、部屋を回りながら夫婦に丁寧に説明をしていく。愛想のいい奥さんで泰之とは気が合い、和やかなムードだった。

ひととおり説明を終えると夫婦は玄関に戻り、また一から順番に部屋を回っていく。

夫婦の後ろを今度は黙ってついていく泰之は、ふと昨晩のことを思い出していた。

レストランを出た後、泰之と泉は真っ直ぐ自宅には戻らず、六本木ヒルズに行ったのだった。

六本木ヒルズは、二人が初めてデートした時に訪れた思い出の場所である。

特に目的はなかった。昔のことを思い出しながら散歩しただけである。

思えば、六本木ヒルズに二人で訪れたのは初めてデートした時以来で、自宅からさほど遠く離れていないのに、泰之はとても懐かしい感じがした。

帰り間際、泉が改まった口調で、ヤスちゃん今日はどうもありがとう、と言った。まさかプレゼントまで貰えるなんて思ってもいなかったわ、と最後に付け足した。

レストランで撮ってもらった写真はプリントアウトして、リビングのキュリオケースの中にしまってある。できあがった写真を見た時、泉は、子供みたいなことをする泰之に心底呆れた様子を見せていた。

いい加減小学生みたいなことはやめて、という泉の言葉、そして優しい笑顔が、泰之の脳裏を過ぎった。

ちょうどその時だった。

携帯電話がバイブと共に音を発した。

メールではない。電話の音である。

夫婦に隠れて携帯を見ると、知らない番号からだった。

相手が誰なのか気になるが、接客中である。泰之は携帯をポケットにしまった。

しかし一分以上経《た》っても携帯は鳴り止《や》まない。それに気づいた奥さんが、

「どうぞ、お出になって」

と言った。泰之は一礼し、夫婦からは見えない部屋に移動し、電話に出た。

「もしもし」

『高橋泰之さんの携帯電話でよろしいですか？』

若い女性の声である。

酷《ひど》く慌てた様子に、泰之は胸騒ぎを感じた。

「はい、そうですが」

緊張した声色で答えると、

『私、麻布警察署の者です。先ほど奥様が、港記念病院に搬送されました！』

全身から、冷たい汗が流れた。

「どういうことですか、倒れたんですか」

泰之は、泉が貧血か何かで急に倒れたのだと思い込んだ。

『包丁で胸を数カ所刺され、非常に危険な状態です、大至急病院まで来てください！』

予測もしなかった事態に、頭が真っ白になった。

泉が、刺された……。

危険な、状態……。

『高橋さん！　聞こえてますか！　高橋さん！』

泰之はかろうじて首を動かすが、声が出ない。

『高橋さん！』

「一体、一体どういうことですか」

かろうじて言葉が出たが、今にも消え入りそうな声だった。

「嘘でしょ、嘘でしょ」

若い女性はもう一度、

『高橋さん、しっかりしてください、大至急港記念病院に来てください！』

叫ぶように言った。泰之は小刻みに頷《うなず》き、

「分かりました」

返事をすると、一方的に通話が切られた。

泰之の右手がダラリと落ちる。全身が激しく震えていた。

そこに、部屋を見て回っていた夫婦がやってきた。

「どうなさったの。あらやだ、酷い汗よ。顔色も悪いわ」

泰之は信じられないというように首を横に振った。

「泉……」

泰之は夫婦に一瞥《いちべつ》もくれず部屋を飛び出し会場を出ると、ちょうど目の前に停まっていたタクシーに急いで乗り込んだ。


港記念病院に到着すると、泰之は運転手に一万円を渡し、釣りを受け取らずにタクシーをおりた。

泰之は急いで受付に向かい、泉の夫であることを告げた。

受付の女性はさっと立ち上がり、こちらですと言ってエレベーターに乗り込む。

「泉は、泉は！」

「奥様は今集中治療室におられます」

「どんな様子ですか、助かりますよね、助けてくれますよね！」

縋《すが》るような目で叫んだ。

女性はそれには答えず、扉が開くと、

「こちらです」

と言ってエレベーターを降りた。

集中治療室の前に到着すると、ちょうど中年の看護師が部屋から出てきた。泰之は看護

師の肩を摑《つか》み、

「泉の容態は！　どんな様子ですか！」

「高橋さん、落ち着いてください」

「落ち着いてなんかいられるか！」

思わず声を張り上げてしまった泰之は、

「泉は助かりますよね！」

できるだけ落ち着いた声で言った。

看護師は泰之の目を真っ直ぐに見つめると、低い声で、

「非常に厳しい状態です」

泰之には、覚悟しておいてほしいというような言い方にも聞こえた。

泰之は看護師から手を離すと、集中治療室の扉を開けた。

「高橋さん、いけません！」

看護師と受付の女性は泰之を止めた。バランスを崩し尻餅《しりもち》をついた泰之は、床に座ったまま、涙声で看護師に懇願した。

「お願いします、お願いします。どうか、どうか泉を助けてやってください」

「全力を尽くします」

看護師はそう言い残して、エレベーターの方へ走っていった。

泰之はしばらく床に座り込んだままだったが、力なく立ち上がると目の前のベンチに腰を落とした。

集中治療室で懸命に頑張る泉を頭に浮かべ、助かることを祈り続ける。

それからどれだけの時間が経過しただろうか。

「泰之さん」

女性に声をかけられた。

泉の両親が目の前に立っていた。二人とも慌てて家から出てきたような格好だった。

泰之は立ち上がり、

「お義父《とう》さん、お義母《かあ》さん」

弱々しい声を洩《も》らした。

「泰之くん、泉は」

義父の紀雄《のりお》が言った。泰之は俯《うつむ》いたまま、

「まだ、中に」

「医者は、何て」

「担当医からはまだ説明はありませんが」

泰之は長い間を置き、

「看護師さんは、厳しい状態だと」

そう告げると、義母の道子《みちこ》がその場に崩れ落ちた。

紀雄が道子の肩に手を置き、

「母さん、泉を信じるんだ。泉は必ず助かる」

道子は紀雄の手を借りてゆっくりと立ち上がる。そして力なくベンチに腰掛けた。

重い沈黙。深い溜め息が重なる。

泰之はふと、エレベーターの方に視線を向けた。

二人の男がやってくる。一人はよれよれのスーツだが、顔つきは厳しく、年は五十くらいだろうが、その割にはがっしりとした身体つきをしている。もう一人は黒いスーツを着ており、こちらは背が高いが身体の線は細く、まだ若い。

「高橋さんの、ご家族の方ですか」

中年の男が言った。

「はい、そうです」

紀雄が答えた。

「私、麻布署の福元允基《ふくもとまさき》と言います」

福元はそう言った後、警察手帳を見せた。

「こっちは吉谷《よしたに》です」

吉谷は泰之たちに一礼した。

福元は集中治療室を一瞥し、

「どうですか」

一言、深刻そうな口調で言った。

泰之たちは顔を見合わせるが、誰も答えなかった。状況を察した福元は、

「泉さんを刺したのは二十歳前後の男で、現在行方を追っています」

福元は続けた。

「泉さんは、その男に恨まれていた可能性がある」

「恨まれていた?」

泰之が聞き返した。

「泉さんは事件当時、クッキングスタジオで十六人の女性に料理を教えていたそうですが、そこに突然包丁を持った男が現れ、泉さんだけを狙い、胸を数カ所刺し、逃走しました」

泰之は耳を塞《ふさ》ぎたい想いだった。道子は小さな悲鳴を上げ、口を押さえて涙を流した。

「心当たりは、ありませんか」

今度は吉谷が尋ねた。泰之は吉谷に鋭い視線を向け、

「ありません。泉は誰かに恨まれるような人間じゃない」

福元は頷き、

「そうですか」

と呟《つぶや》いた。

泰之はベンチに腰掛けると両手を重ねて再び強く祈った。

なぜ泉が事件に巻き込まれたのか、今はそんなことなどどうでもいい。とにかく助かってくれればそれで……。

泰之たちの視線が、一斉に集中治療室に向けられた。

担当医が看護師を連れて出てきたのである。

泰之、紀雄、道子の三人は担当医の前に立ち、祈る想いで担当医に問うた。

「先生、泉は」

担当医は伏し目がちとなり、残念そうな表情を見せた。

「全力は、尽くしたのですが」

その瞬間、泰之は目の前が真っ暗になった。紀雄は放心したように首を振り、道子は悲鳴を上げ崩れ落ちた。

泰之は担当医の胸ぐらを摑み、

「嘘でしょ、先生」

担当医は唇を嚙《か》みしめ、顔を伏せた。

「嘘だ……嘘だろ」

泰之は担当医と看護師をかき分け、集中治療室の中に入った。

室内は異様なほどの静けさだった。しかし様々な機材や器具が、オペの直後を物語っている。

泰之は弱々しい足取りで奥へと進む。

診察台の上に、仰向けに寝かされた泉の姿があった。

酸素マスクは外され、心電図のスイッチも切られている。

逃れようのない厳しい現実を示していた。

泰之は目の前に立ち、

「なあ、泉」

いつものように声をかけた。今にも目を開きそうなくらい綺麗な顔をしているのに、反応はない。

「どうしたんだよ、なあ頼むから、目を覚ましてくれよ」

泰之は泉の右手をそっと手に取った。

いつもの泉の体温ではなく、少し冷たい。

泉の体温を感じた瞬間、泰之の瞳から涙がこぼれ落ちた。

ふと昨晩の出来事が脳裏を過ぎる。あんなに幸せそうだったのに、どうして……。

泰之は叫んだ。

「起きろよ泉！」

最後の力を振り絞ったかのように、泰之は膝から崩れ落ちた。

泉の右手は、段々温かさを失っていく。

泰之は現実を受け入れられず、膝をついたまま何度も何度も泉の名を呼び続けた……。


泰之は奇跡を信じ、泉が目を開けてくれることを祈ったが、最後まで願いは通じず、泉は霊安室に運ばれた。

少し遅れて泰之の父の肇《はじめ》と、母の冬雪《ふゆき》が駆けつけたが、泰之は一瞥もくれず、まるで魂が抜けてしまったかのように、ぼんやりと泉の白い顔を見つめたままである。

肇と冬雪はあまりに突然のことに茫然《ぼうぜん》と立ち尽くしている。紀雄は脱力し、道子はハンカチを顔に当ててすすり泣いている。

深い悲しみに包まれる中、麻布署の福元と吉谷が再び泰之たちの元へとやってきた。

霊安室に入ってくるなり福元がこう言った。

「たった今、犯人が捕まったという連絡が入りました」

紀雄たちは反応を示すが、泰之だけは聞こえていないかのようだった。くぐもった声で、泉、泉と呼び続けている。

「犯人の名は小寺諒《こでらりょう》、二十一歳」

ここにいる家族の誰も知らない名前である。福元はこう付け足した。

「小寺は世界プラーナ教団の信者です」

紀雄たちは『世界プラーナ教団』という名称に敏感に反応した。三週間前、日本中を震撼させた連続殺人事件を引き起こした宗教団体だからである。事件から三週間が経っても、メディアは世界プラーナ教団事件の話題で持ちきりだった。

「どういうことですか。なぜ世界プラーナ教団の信者が」

肇が問うと、福元はまだ分からないというように首を振った。

横にいる吉谷が胸ポケットから一枚の写真を取り出し、それを紀雄に見せた。

「小寺諒です。警視庁のデータベースに奴のデータが入っていました」

背は百六十センチと小さく華奢《きゃしゃ》で、髪はやや長め。

二十一歳とは思えないほど童顔で、端整な顔立ちである。とても人を殺すような人間には見えなかった。

紀雄は道子に写真を見せようとしたが、道子はそれを拒んだ。泰之はやはり一瞥もくれなかった。ぼんやりと泉を見つめたままである。

「この男、見覚えありませんかね」

福元が真剣な口調で尋ねた。紀雄たちは泰之に注目する。しかし泰之は答えない。もっとも、福元の質問が耳に届いていないようだった。

「ご主人」

吉谷が声をかけても同じだった。

福元と吉谷は顔を見合わせ、仕方ないというように頷くと、

「私どもは一旦署に戻り、小寺の動機について調べたいと思います」

二人が霊安室を出ていくと、室内は再び静寂となった。

紀雄たちは泉の顔を見つめながら、泉を殺害した小寺諒という男の顔を脳裏に浮かべた。

泰之は終始無表情のままだったが、紀雄たちの顔には、小寺を恨む気持ちが滲み出ていた。


その夜、泉が世界プラーナ教団の信者に殺害された事件は各局で報道された。またしても世界プラーナ教団関連の事件に、国民の不安は高まるばかりであった。

緊急速報が伝えられたのは、泉の事件が報道された直後である。

午後八時四十分、世田谷区のアパートに住む、コンビニ店従業員の男が監禁の罪で逮捕された。

容疑者の名は角田《つのだ》敦郎《あつろう》、五十四歳。

保護されたのは、二十八歳の女性である。女性は意識こそはっきりしていたが、体重は僅《わず》か三十九キロしかなく、食事すら満足に与えられていなかった。

角田はこの女性を二十年間も同アパートに監禁していたのだ。

角田は女性が八歳の時に誘拐し、僅か四畳の部屋に閉じ込めると、女性の周囲半径一メートルくらいを「行動可能範囲」として、畳に赤いテープをぐるりと貼り、この中から絶対に出てはいけない、声も出してはいけない、約束を守らなければ殺す、と洗脳し続けたのである。

被害女性は角田に殺害されるのを恐れ、二十年間命令に従い続けたが、この日、角田が仕事に出かけている間に脱走を決意し、玄関からではなくベランダから脱走したのだった。角田の部屋には少女アニメのグッズが所狭しと並べられており、警察の取り調べに対し角田は、自分の大好きなアニメキャラクターの顔に似ている少女を誘拐し、どうしても手放したくなくて二十年間監禁し続けた、と話した。

アナウンサーは最後に、『復讐』は基本的には殺人罪に適用されるものであり、誘拐、及び監禁罪で『復讐』の申請を行った被害者は過去に一人もいないが、今回の事件は角田が二十年間も女性を監禁したことから、被害女性の恨みは相当強く、『復讐』を選択する可能性は十分にあり、『復讐』を申請すれば、確実に許可が下りるだろうと伝えたのであった。

翌日、泉の遺体は司法解剖にかけられ、死因は『刺傷による出血性ショック死』であることが分かった。

一方、泉を刺殺した世界プラーナ教団の小寺諒であるが、泉を殺したことは認めるものの、殺した動機については頑なに口を閉ざし、捕捉されてから結局何も語ることはなかった。

それから二日が経った日、泰之の自宅には午前中から泉の両親と泰之の両親が集まっていた。

午前十一時に検察庁から検事がやってくることになっていた。

泉を失った泰之は依然抜け殻状態であり、ソファに座ったままぼんやりと一点を見つめている。

部屋のカーテンは全て閉め切っている。大勢のマスコミが張っているからだ。世界プラーナ教団関連の事件であるから世間の注目度は高く、マスコミの熱狂ぶりは尚更だった。部屋がマンションの二階にあるため、カーテンを開けるとどこからか写真を撮られる恐れがある。これではどちらが被害者なのか分からない。

午前十一時ちょうどにインターホンが鳴り、男性の検事がやってきた。

検事の名は猪狩明広《いかりあきひろ》。縁なし眼鏡をかけており、髪はオールバックでちらほらと白いものが混じっている。長身で、昔からスポーツをやっているような体格だった。

猪狩は挨拶を終えると、早速『刑事裁判』の説明を始めた。検事である猪狩は、被害者遺族が『提訴』することを前提として話している。紀雄たちもそのつもりで、相槌《あいづち》を打ちながら猪狩の話を聞いていた。

しかし泰之一人だけが無反応であり、猪狩の話が聞こえていないのかと思えば、急に鋭い目つきとなり、

「裁判はしません」

遮断するように言った。泰之は続けて、

「僕は『裁判』ではなく『復讐』を選択します」

抑揚のない声で自分の意思を告げた。

肇と冬雪は愕然《がくぜん》とした表情を浮かべる。紀雄がすぐさま止めた。

「泰之くん、それはいけない」

道子も同調するように頷いた。

「あんな男を殺したって何の価値もない、何も残らない。裁判で小寺を裁くんだ」

泰之は紀雄に横顔を向けたまま猪狩に尋ねた。

「仮に裁判をしたとして、小寺は死刑になりますか」

猪狩は残念そうに首を振った。

「恐らく、死刑とまではいかないでしょう。最高で無期懲役」

「もっとも、死刑だと分かっていても僕は『復讐』を選択しますよ。小寺をこの手で殺さなければ気が済まないんだ」

怒りで語尾が震えた。

泰之は続けて猪狩に尋ねた。

「小寺はまだ、泉をなぜ殺したのか話していないんですよね」

「そのようです」

それを聞くと、泰之は静かな表情で言った。

「もうその必要はない。殺す直前、僕が全て喋《しゃべ》らせますよ。そして泉にしたように、奴の心臓を包丁で何度も突き刺してやるんだ」

人が変わってしまったかのような泰之に紀雄が言った。

「泰之くん、冷静になるんだ。君の気持ちは分かるが、やはり『復讐』はいけない。あれは危険だ。失敗したらどうするんだ。最悪、君の命が奪われる可能性だってあるんだ」

「僕は失敗などしないし、やられませんよ」

紀雄を遮《さえぎ》り、

「必ず奴を殺します」

「いや」

肇が口を開いた。

「やはり『裁判』をするべきだ」

そうよ泰之、と冬雪が心配そうに言う。

泰之は静かに首を振ると、紀雄と道子の目を真っ直ぐに見てこう言った。

「僕は冷静です。最初から決めていたんだ。いくら反対されても僕はこの手で小寺を殺します」

最後に泰之はこう付け足した。

「泉だってそれを望んでいるでしょう」


日本は今、不法行為や犯罪事件に巻き込まれた被害者、或《あ》いは遺族の復讐が許され、しかも制度化されている。

二〇一九年、『復讐法案』が可決、成立し、即日施行のはこびとなった。

こんな法律が制定された最も大きな理由としては、被害者、或いは遺族による怨恨《えんこん》事件が年々増加の一途を辿《たど》っていたからである。

復讐法は、いわば被害者、或いは遺族に対する『救済法案』で、報復する機会を被害者に与えるだけでなく、被害者であるはずの人間が、報復によって加害者になることを防ぐためでもあった。

復讐が認められるのは、基本的に重犯罪による被害者、遺族に限る。

場所は東京都南方三百キロに位置する蛇岩島《じゃがんとう》。面積約十平方キロメートル、周囲約十三キロの無人島である。『復讐法』が施行される二十年前までは千人ほどの島民が生活していたが、致死率の高いウイルスが突如発生、人と家畜に感染した。遠い洋上の孤島でウイルスに対応できる医療機関はなく、多くが死に、生き延びた人も島から出ていた。それ故、今でも島には民家や廃墟がたくさん残されている。

『復讐法』が適用されると、被害者と加害者（すなわち受刑者）は蛇岩島に連れてこられる。被害者は北門から、加害者は南門から入り、『復讐』は同時刻にスタートする。

『復讐』のために被害者側に与えられる時間は百時間。スタート時に、武器、食料、救急道具、懐中電灯、そして、加害者の位置を示すGPS付き電子地図を渡される。ただしGPSは、加害者が半径百メートル圏内に達した時のみ作動する仕組みとなっている。

一方加害者側には、最初からペナルティが科せられている。武器、食料は渡されず、与えられるのは電子地図と、被害者側に位置情報を送る小型送信機だけである。

加害者は送信機を耳に装着し、武器や食料はおろか、相手の位置も分からない状況で百時間、約四日間逃げ続けなければならない。

更に加害者側は、十時間毎に逃げられる範囲が狭くなっていき、禁止エリアに踏み込んだ瞬間に失格。監視によって強制的に被害者の元まで連れていかれ、無抵抗状態で復讐を受けることとなる。

このように、復讐法は被害者側が圧倒的有利に作られている。

ただし、被害者側のデメリットもある。

百時間内に復讐を果たせなかった場合、加害者は『無罪放免』となるのだ。しかし百時間が経過し、時間切れと同時に『無罪』になるわけではない。加害者は北門、南門、どちらかの門をくぐって外に出なければ『無罪』とはならない。裏を返せば、被害者側にとってそれが、憎き加害者に復讐する最後のチャンスである。いよいよという時まで加害者を見つけられなかった場合、北門、南門、どちらかで待ち構えるのがベストだ。

終了間際まで『復讐』が果たされなかった時に、北門に行くか、それとも南門に向かうか。両者にとって、それは運命の選択である……。

被害者側のデメリットはそれだけではない。

もう一つは、蛇岩島の中はあくまで『無法』ということである。どんな復讐も許されるが、逆に加害者が被害者を殺したとしても、罪には問われないのである。

それを覚悟の上で、被害者は『復讐』を選択しなければならない……。

翌日、泰之は東京都千代田区にある検察庁に向かった。泉を殺害した小寺諒に『復讐』するためである。

誰にも告げず、独断で検察庁に向かっている。紀雄たちの姿はない。

だが周囲には、自宅から追いかけてきたマスコミがおり、検察庁に到着すると、泰之が『復讐』を決断したのではないかと色めき立った。

検察庁を目の前にしても、泰之の気持ちに迷いはない。

仮に裁判をしても、小寺は最高で無期懲役。

無期懲役といっても、せいぜい二十年そこらで刑務所を出ることになるだろう。

それでは何の意味もないのだ。

小寺が生きている限り、泉と遺族は苦しみ続けるんだと泰之は思う。

だからこそ、泉の命を奪った小寺に復讐し、泉の無念を晴らす。

泰之は、一刻も早く小寺を殺したい想いで血が滾《たぎ》っている。怒りと興奮で全身を震わせながら、検察庁の建物に入った。

これから『復讐』を実行するための手続きを行う。泰之は、『復讐法』に関する相談を扱っている窓口へと向かい、受付の女性にその旨を伝えた。

泰之にはまず最初に『復讐法』の詳細が書かれた説明書が、次に申請書が差し出された。

申請書に記入し提出すると、受付の女性は、一週間後に書面にて結果をお伝えします、と泰之に告げた。

検察庁を出た途端、泰之は大勢のマスコミに囲まれ一斉に質問を受けた。しかし泰之は質問には一切答えず、タクシーを停めると検察庁を後にした。

それから一週間後。

検察庁から重要書留が届き、中には二枚の用紙が入っていた。

一枚目には、「加害者・小寺諒に対し、刑法第二九〇条において、復讐法執行の適用を許可する。復讐法のもとでは、被害者及び被害者親族を《復讐者》、加害者を《受刑者》と呼ぶものとする」といった一文があった。

二枚目は、復讐法執行にあたり、たとえ復讐者本人に危害が及んでも、これを訴えることはしないことを認める同意書になっていた。

この同意書にサインし、検察庁に提出すれば、正式に『復讐』は受理される。

泰之は一時の感情ではなく、冷静に同意書にサインし、その日直接検察庁に向かい、サインした同意書を提出したのであった。

執行は凡《およ》そ一カ月後の八月一日。午前十時に検察庁の職員が自宅に迎えに訪れ、一緒に蛇岩島へ向かうとのことであった。

泰之は、八月一日が執行日に選ばれたことに強い運命を感じた。

なぜなら八月一日は、泉の二十九回目の誕生日だからである……。

それから三日後のことだった。

各報道番組は連日連夜、泰之の『決断』を世間に伝えていたが、各局が一斉に世界プラーナ教団事件の速報へと切り替えた。

六月一日に起きた、『板垣弁護士一家殺害事件』、世界プラーナ教団関連の訴訟を担当していた判事を含む、近隣住民五人が亡くなった『熊谷ソマン事件』、そして、二子玉川のデパートで三十人の死者を出した『二子玉川デパートソマン事件』。

三つの事件の被害者や遺族たちは『被害者の会』を結成していたのだが、その代表者が教祖である神河聖徳を含む三十二人に『復讐』することを宣言したのである。

速報はそれだけではなかった。

その日、二十年間監禁されていた女性が、容疑者である角田敦郎に『復讐』することを決断したと報道。

一週間後、国は世界プラーナ教団事件の被害者と、家族を失った遺族五十七人に『復讐』の許可を出し、同じく角田敦郎に監禁されていた女性にも許可を出した。

最後にアナウンサーは、執行はいずれも『八月一日』と伝えたのだ。

✡

いよいよ当日の朝を迎えた。

泰之は姿見の前に立つと、迷彩色の軍服に着替えた。昨日、国から送られてきたのである。

蛇岩島へ向かう直前、泰之は泉の遺影と骨壺の前に正座し、線香に火をつけ、静かに両手を合わせた。

泰之の後ろ姿を、泉の両親と泰之の両親が心配そうに見つめる。

泰之はそっと目を開け、泉の遺影を眺めた。

小さな仏壇には、〇・五カラットの婚約指輪と、結婚指輪、そして結婚一周年記念にプレゼントしたネックレスが置いてある。

今日は、泉の二十九回目の誕生日である。この前みたいにレストランを予約して、ハンドバッグでもプレゼントしようと考えていたのに……。

泰之の脳裏には、二人で誕生日を祝っている姿が浮かんだが、怒りと悔しさが湧《わ》き上がり、すぐに現実に引き戻された。

泰之はふと部屋の時計を確認した。

そろそろ時間である。泰之は遺影を手に取ると、そっと胸に押し当てた。

必ず、仇《かたき》を取って帰ってくるから。

後ろにいる四人を振り返った時には、泰之の表情は小寺諒に対する憎悪で歪《ゆが》んでいた。

「泰之」

冬雪が今にも泣きそうな声を洩らす。蛇岩島に行くだけでも心配なのに、同じくこの日蛇岩島には世界プラーナ教団事件の首謀者、神河聖徳と、実行犯である三十一人の信者がやってくる。そのことが冬雪をより一層不安にさせていた。

冬雪だけではない。小寺諒が世界プラーナ教団の信者だけに、紀雄たちは口には出さないが、悪い予感を抱いていたのである。

「では、行ってきます」

泰之は四人にそう告げると、最後に泉の遺影を振り返り、行ってくる、と心の中で言った。

この日は朝から三十度を超える猛暑であり、一歩外に出ただけで背中が汗ばんだ。

マンションの正面玄関を開けた瞬間マスコミが押し寄せ、一斉にフラッシュがたかれた。

泰之はマスコミをかき分けながら進む。すると、検察庁の職員と思われる男が二人、黒い車の中で待機していた。

男たちと目が合った。そのうちの一人が車からおり、

「高橋泰之さんですね」

と確認する。泰之は真っ直ぐに見つめ、

「はい」

と覚悟したような表情で頷いた。

検察庁職員から挨拶はなく、

「では、行きましょう」

とだけ言い、後ろの扉を開けた。

車に乗る間際、

「泰之くん」

と紀雄に声をかけられ、振り返った。

紀雄は複雑な表情をしていた。

蛇岩島へ行くのなら、泉の仇を取ってきてほしいと思っている。だが、その反面、蛇岩島内は無法とはいえ、泰之が人を殺《あや》めることに心苦しさを感じている。

紀雄は一言、

「帰ってきてくれ」

と言った。泰之は強く頷き、車に乗り込んだ。

「では出発します」

車が発進すると、一斉にマスコミが追いかけてくる。バックミラーには両親たちの姿が映っており、冬雪が、これから『戦場』へと向かう泰之の名を叫び続けていた。だが、泰之はそれには一瞥もくれず、じっと前を見据えていた……。

泰之を乗せた車は高速道に乗り、凡そ一時間後、東京湾竹芝桟橋に到着した。

まず、助手席に座っている検察庁職員がおりる。次に泰之がおりた。すると、運転していた職員は無言のまま走り去った。

「こちらです」

男は抑揚のない声で案内した。

泰之は検察庁職員の後を黙ってついていく。港にもすでにマスコミがおり、泰之はフラッシュを浴びながら、『フェリー乗り場』と書かれた方へ進んでいく。野次馬たちは泰之を応援したり、同情するような目を向けていた。中には、世界プラーナ教団の信者なんて殺しちまえ、という過激な言葉を発する者たちもいた。

船着き場には一隻の中型船が碇泊《ていはく》しており、泰之は検察庁職員と共に乗船した。船には誰も乗っていない。どうやらこの船は『復讐』を行う者が乗る専用船らしい。だが、他の復讐者たちが乗ってくる気配は全く感じられない。

他の復讐者たちは、それぞれ別々に向かうらしい。

泰之の読みどおり、その後も誰も乗船してこないまま汽笛が鳴り響いた。

東京湾の空に泉の姿を思い浮かべていた泰之の表情が再び鋭く変化する。

蛇岩島まで凡そ六時間半。

✡

泰之と検察庁職員を乗せた船は、蛇岩島へ向けいよいよ出港した。

船内の時計が、午後六時を示した。

夕陽が海一面を紅く染めている。泰之にはその紅い色が、血の色に見えた。

泰之はふと前方を見た。

うっすらと蛇岩島が見えていた。

高さ十メートル近い岸壁をめぐらし、その上には朽ちかけた建物が建ち並んでいる。それはさながら要塞のようだった。

泰之に恐れや不安はない。ただ蛇岩島に近づくにつれ、心臓の鼓動が増した。

小寺諒は、すでに蛇岩島に到着しているのだろうか。

泰之は蛇岩島を真っ直ぐに見据えながら、待ってろ小寺、と心の中で言った。

泰之を乗せた船が、ついに蛇岩島の港に到着した。泰之は静かに立ち上がり、検察庁職員と一緒に船からおりた。

すると検察庁職員が右手で前方を差し、

「あの中で『復讐』をしていただきます」

静かな声色で言った。

百メートルほど先に、巨大な門と、コンクリートの壁が建てられている。

コンクリートの壁は遥か先まで続いており、恐らく島全体を囲うように造られているのだろう。無論、受刑者が逃亡できないように、である。

泰之は巨大な刑務所を見ているようであった。

「北門です。高橋さんにはあそこからスタートしていただきます」

門の周辺には茶色い軍服を着た『監視役』の兵士たちが二十人ほど立っている。

「行きましょう」

検察庁職員がそう言った、ちょうどその時だった。

空に、銃声が鳴り響いたのである。

泰之は一瞬動作を停止し、空を見上げた。

今、復讐者側が相手を仕留めたのかもしれない……。

昂ぶる泰之とは対照的に、検察庁職員は平然とした表情だ。こんなのは日常茶飯事だと言わんばかりである。

「さあ、行きましょう」

泰之は黙って男の後ろをついていく。

北門に到着すると、兵士たちが検察庁職員に敬礼した。

検察庁職員は泰之を振り返り、

「高橋さん、もう間もなく開始となりますが、その前に『復讐』に必要な道具を渡します」

検察庁職員が兵士の一人に目で合図すると、その兵士が泰之に黒いリュックサックを手渡した。

「中には、武器、食料、救急道具、懐中電灯、GPS付き電子地図が入っています」

兵士は言った後、泰之に腕時計を手渡した。

デジタル式の時計であり、真ん中には『100：00：00』と表示されている。スタートと同時にカウントダウンが始まることは容易に理解できた。

「高橋さん、早速ですが準備はよろしいですか」

検察庁職員が、真剣な声の調子で言った。泰之は一息吐き、

「はい」

と力強く返事した。

「時刻は午後六時二十七分。三分後にスタートします。制限時間は百時間。現在南門で待機している小寺諒と同時にスタートします」

泰之は南門で開始を待つ小寺諒を想像した。

「百時間が経過し、小寺諒が北門、或いは南門から脱出した時点で終了となります。よろしいですね」

「はい」

「仮に高橋さんが怪我《けが》等を負い、『復讐』を断念せざるを得なくなった場合は、いつでも途中棄権することができます。その際は、北門か南門に来てください」

途中棄権などするものか、と泰之は心の中で言った。

「それと最後に、この中はあくまで『無法』です。それをお忘れなく」

含みのある言い方だった。泰之は検察庁職員が何を言わんとしているのかすぐに理解した。無論、臆《おく》することはない。泰之は全てを覚悟して、小寺に復讐することを選択したのである。

「それではこれより、刑法第二九〇条復讐法を執行します」

その言葉に緊張が漲《みなぎ》る。

「成功と無事を祈ります」

検察庁職員がそう告げると、兵士たちによって北門が開けられた。

前方には、荒れ果てた廃墟が建ち並んでいる。

泰之はゆっくりとした足取りで進み、『戦場』に足を踏み入れた。

その瞬間、北門が閉められた。泰之は閉まる音に肩を弾ませ、巨大な門を振り返る。

いよいよ、始まったのだ。

左腕に巻いている腕時計を確認すると、中央に表示されていた『100：00：00』が動き出していた。

泰之は逸《はや》る気持ちを抑え、まずはリュックサックの中身を確かめた。

ビニールパックに包まれたおにぎりが五つに、袋に入ったコッペパンが三つ、それに鶏肉や魚等の缶詰が五つ入っている。水は一リットルのペットボトルが三本。

食料はまだいいとして、百時間で水三リットルはかなり厳しいと泰之は思う。ましてや日中は三十度を超える暑さだ。どこかに川でも流れていればいいが。

食料を全て取り出した泰之は、武器を見た瞬間目が光った。

泰之はまず拳銃を手に取った。リボルバータイプの銃である。弾は五発。無論扱ったことはなく、泰之は弾の数に不安を抱くが、幸い予備の弾が二十発用意されている。

泰之は次にマシンガンを取り出した。こちらも予備の弾倉が二つ用意されている。勿論マシンガンも扱ったことはないが、拳銃よりは命中させることができそうな気がする。

更には手榴弾が二つ入っていた。泰之は慎重に手榴弾を手に取る。上部についているピンを抜けば爆発する仕組みとなっている。

泰之は二つの胸ポケットに手榴弾を入れると、最後にサバイバルナイフを手に取った。

その瞬間、泰之の目に険しい光が加わる。

——泉は小寺に包丁で刺し殺された——。

銃と手榴弾も装備しているが、あくまでこれは小寺を捕らえるための道具にすぎない。最後は泉にしたように、サバイバルナイフでトドメを刺すのだ……。

泰之はサバイバルナイフを懐にしまうと、次にリュックサックのサイドポケットを調べた。中には救急道具と、懐中電灯、それにGPS付き電子地図が入っていた。

地図は十五×十五のマスで表示されており、縦には①から⑮の数字が、横にはAからOのアルファベットが並べられている。

現在泰之がいる北門は中央Hの⑮、南門はHの①である。

同時刻にスタートした小寺はもう南門付近にはいないだろう。今ごろ必死の形相で、世界プラーナ教団、神河聖徳たちを探しているに違いない。

神河聖徳たち、そしてその復讐者たちはすでに蛇岩島にいるのだろうか。いずれにせよ、小寺を早く仕留めなければ、小寺はいつか神河聖徳たちと合流するだろう。

ただ、その時はその時だ、と泰之は思った。

泉を殺したのは小寺だが、神河聖徳が泉の殺害を指示した可能性もあるのだ。泉と神河聖徳が関係あるとは聞いたことはないが、過去に何かしら関わっていたことも考えられる。

もしそうであれば、神河聖徳も殺す。信者たちが妨害してくるようであれば、手榴弾でもろとも息の根を止めてやる。

泰之は腕時計を見た。

残り九十九時間五十五分。

小寺は今、どこにいる。

泰之は電子地図を見ながら小寺に言った。

精々逃げるんだな小寺、と。

小寺には位置情報を伝える送信機が装着されており、泰之から百メートル圏内に達した時、電子地図に位置が表示される仕組みとなっている。

更に十時間毎に小寺が動ける範囲は狭くなっていく。

小寺を見つけるのは時間の問題だった。

泰之はリュックを背負うと立ち上がった。右手にはマシンガンを握りしめている。

見ててくれ、泉。

小寺が今どこにいるのか見当すらつかないが、泰之は南東、灯台の見える方へと歩き出した。


廃墟が建ち並ぶ荒れ果てた道を歩き始めてから二十分もすると、空はすっかり暗くなり、泰之は懐中電灯を照らした。

辺りに人がいる気配はない。それでも泰之は一瞬たりとも警戒心をゆるめなかった。

小寺はいないが、他の受刑者に襲われる可能性もあるからだ。なぜなら受刑者側には武器も与えられていなければ、食料も与えられていない。であればこそ、自分の起こした事件とは関係のない復讐者から道具や武器を奪おうと考えている者もいるだろう。

泰之は慎重に前に進んでいく。夜になり、風が出てきたとはいえ、歩くと汗が滲む。四キロ近い道具を背負って歩いているから尚更だった。

泰之はリュックをおろすとペットボトルを取り出し水を一口飲んだ。

ふと空を見上げる。

それにしても静かである。島に着いてすぐに銃声が鳴り響いたのを聞いたが、あれ以来、争っている様子はない。『世界プラーナ教団事件』と『監禁事件』の、復讐者と受刑者もすでに蛇岩島にいると考えられるが、他の事件の復讐者と受刑者もいたりするのだろうか……。

あまりの静けさに不気味さを感じながらも泰之は進んでいく。

それから更に二十分ほど歩くと、泰之の動作がピタリと止まった。懐中電灯を消し、その場に屈《かが》んだ。

現在地図はCの⑩、三百メートル以上先に灯台が見える地点である。

近くで、男の声がする。

痛い、痛いと、今にも泣きそうな声だ。

泰之は息を殺しながら近づいていく。

すると道端に、自分と同じ迷彩柄の軍服を着た男が足を抱えて座っていた。

男は泰之に気づいていない。泰之は更に近づき、男の耳を確かめた。

受刑者側なら小型送信機が取り付けられているはずだが、男の耳にはそれらしき物は取り付けられていない。それに足元にはリュックが置いてある。

泰之は懐中電灯をつけ、マシンガンを構えながら男に歩み寄った。

男は眩《まぶ》しそうに目を細め、

「だ、誰」

弱々しい声で言った。

泰之は懐中電灯を下げ、男の目の前に立った。

明らかに泰之よりも若く、綺麗な顔立ちをしている。背は高そうだが、華奢な身体つきだった。

男は怯《おび》えた声を洩らしながら後ずさるが、足が痛いらしくうまく動けなかった。

「お願いですから、助けてください」

泰之が依然マシンガンを構えたままなので、殺されると思ったのか、命乞いをしてきた。

「殺すつもりはない」

その言葉に男は安堵《あんど》の息を吐いた。

「皆とはぐれてしまったんです。地図に反応があって、一斉に走りだした途端、バランスを崩して転んで、捻挫《ねんざ》しちゃって……情けないです」

泰之は人を助けている余裕はないが、放っておくこともできず、その場に屈むと男のリュックサックを開けた。

しかし、足を冷やすような道具は入っていない。冷やす以外の応急処置を知らない泰之は男に手を差し伸べた。

「捻挫くらいで痛がっていたら、敵の餌食《えじき》となるぞ」

「餌食？」

「敵は君の復讐ターゲットだけじゃない。全ての受刑者は、全ての復讐者たちが持っている武器、食料を狙ってくるはずだ」

泰之のその言葉にようやく危機感を抱いたらしく、男は泰之の手を借りて立ち上がった。

「痛いですけど、何とか歩けそうです。ありがとうございます」

男は続けて言った。

「ところであなたは、なぜ蛇岩島に？」

泰之は伏し目がちとなり、

「妻を、殺された。世界プラーナ教団の信者に！」

怒りを込めて言った。

男はハッとなり、

「もしかして、高橋さんですか」

泰之は顔を上げ、頷いた。

「僕は、日野《ひの》翔太《しょうた》と言います。僕は、世界プラーナ教団事件で、妹を亡くしました。妹はその日、二子玉川のデパートにいたんです。信者たちにソマンをまかれ、すぐに救急車で運ばれましたが、間に合いませんでした」

日野は言葉を重ねた。

「僕は神河聖徳や信者たちが許せない！　でも僕は『復讐』には絶対反対でした。最後まで『裁判』をすべきだと訴えました。けれど世界プラーナ教団事件の被害者や遺族たちの気持ちはおさまらず、『復讐』を選んだんです」

例えば一人の犯人に対し、複数の被害者がいる場合、被害者や遺族たちは『裁判』か『復讐』かをみんなで話し合う。決め方はそれぞれであるが、『復讐』と決まった場合、『裁判』を求めていた被害者も全員『復讐』で決着をつけることとなる。ただし、蛇岩島に行くことを辞退し、他の被害者たちに委ねることも可能である。

「勿論、僕以外にも裁判派の人たちはたくさんいました。でも誰もこの島に来ることを放棄しませんでした。そうなったら僕だけ、放棄はできなかった。

今でも正直『復讐』には反対ですが、『復讐』と決まった以上、妹のために仇を取らなければならない」

日野は一旦言葉を切り、遠くの方を見つめる。殺された妹を思い浮かべているようだった。

日野は『二子玉川デパートソマン事件』の被害者遺族なので、電子地図には神河聖徳と、実行犯四人の位置が表示される仕組みとなっていた。

「必ず神河聖徳と、デパートにソマンをまいた四人の信者を殺す」

日野は殺された妹に誓うように言うと、泰之に向き直った。

「高橋さんのタイムリミットは、あとどれくらいですか」

真剣な声の調子で聞いた。

泰之は腕時計を見るまでもなかった。

「九十九時間」

「そうですか、では僕たちのちょうど一時間後にスタートしたんですね」

日野は続けて言った。

「高橋さん、必ず『復讐』を果たしましょう」

泰之は日野に頷き、歩きだした。

「高橋さん、ちょっと待ってください」

すぐに日野に声をかけられ、泰之は振り返る。

「高橋さんは、これからどこへ向かわれますか」

「君に会う前は灯台を目指していたが。とにかく、ＧＰＳに反応が出るのを待つしかない」

「僕はまず、皆を探そうと思っています」

日野は続けて言った。

「それまで高橋さん、一緒に行動させてもらってもいいですか」

確かに二人で行動した方が安全ではあるが、と泰之は思う。だが、日野は足を捻挫している。

「迷惑は、かけませんから」

日野が言った、その時だった。

突然、泰之の電子地図が振動したのである。

画面を確認すると、小寺の位置が表示されていた。

小寺はCの⑨と⑩の境目におり、泰之のいる方に向かってきている。

俄《にわか》に緊張が走る。

「小寺……！」

泰之はマシンガンを力強く握りしめた。

「高橋さん」

日野が足を引きずりながら歩み寄るが、泰之は日野に目もくれず走りだした。

✡

殺す、殺す殺す殺す殺す殺す殺す殺す殺す！

息を切らしながら泰之は頭の中で叫んだ。

そうだ小寺、そのまま向かってこい。

泰之はこのまま一気に小寺を仕留めるつもりであったが、足を止めた。

すぐ先に、古い平屋が建っている。

慌てることはない。小寺はこちらに向かってやってきているのだ。

気配を察知される前に平屋の陰に隠れ、奇襲をかける方が得策だと考えた。

泰之は平屋の陰に隠れ、電子地図を確認した。

小寺が近づくにつれ、泰之の鼓動は激しさを増す。

ここで必ず仕留める。

小寺をどう殺すか、すでにシミュレーションはできあがっている。

背後から有無を言わさず両足を撃って逃げられなくし、踠《もが》き苦しんでいる小寺の心臓をサバイバルナイフで突き刺す。

想像するだけで血が滾る。

見てろよ泉、今から仇を取ってやるから。

開始から約一時間、いよいよ恨みを晴らす時がきた。すでに夜になっていて、視界は悪い。だが、満月のため、辺りは思ったよりも明るかった。

電子地図を見ると、小寺はほぼ同じ場所にいる。しかしまだ姿は見えない。足音も聞こえてはこない。

泰之は息を殺し、陰からそっと顔を出す。緊張と暑さで額からは滝のような汗が流れている。マシンガンを握る手は震えていた。

泰之は耳を澄ます。

その時、微かに足音が聞こえてきた。

泰之は生唾を飲み込み、もう一度陰から顔を出す。

小寺が、来た。

辺りが真っ暗なせいでまだ顔は見えないが、シルエットがこちらに近づいてくる。小寺が動くたびに、地図のマークも少しずつ、自分の点に近づいてくる。

小寺は相当警戒しており、少し進むたびに背後を確認している。

うっすらと迷彩色の軍服が見え、そして顔が見え始めた。

とても二十一とは思えないほど幼い顔立ちである。中学生と見間違えそうだ。

小寺の耳には、小型送信機が装着されていた。

泰之は鬼のような形相で小寺を見据える。

あの男が、泉を殺した！

泰之は自分を抑えるのに必死だった。

まだだ。小寺が通り過ぎるまで待つのだ。

泰之が自分にそう言い聞かせた、その直後だった。

完全に気配を殺していたはずなのだが、小寺が急に来た方向を振り返り、走りだしたのだ。

決して自分の姿は見られてはいない。泰之の殺気が、小寺に悪い予感を抱かせたのかもしれなかった。

泰之は立ち上がり、

「待て小寺！」

と叫びながら小寺を追った。

暗闇から、小寺の悲鳴が聞こえてくる。

泰之は走りながらマシンガンの銃口を向け、引き金を引いた。しかし、弾が出ない。安全装置がかけられたままだったのだ。

泰之は急いで安全装置を外し、もう一度マシンガンの引き金を引いた。

低い銃声、閃光《せんこう》と共に弾が連続して発射される。

想像していた以上にマシンガンの反動が強く、泰之は条件反射で目を瞑《つむ》っていた。更には小寺に向けたはずの両腕が、引き金を引いた時には上を向いていた。

目を瞑るな、しっかりと狙え！

泰之は頭の中で叫び、もう一度引き金を引いた。今度は強い反動には負けなかったが、命中しない。連射銃とはいえ、走りながら狙うのは容易ではなかった。

しかも、徐々に距離は離されている。重いリュックサックを背負っているのと、決して足が速いわけではないからである。

泰之の脳裏に、泉の姿が過ぎる。

泰之は小寺を見失う前に何としても仕留めたいが、とうとう視界から小寺の姿が消えた。

「小寺！」

小寺の悲鳴と息づかいが段々小さくなっていく。泰之は胸ポケットに入れてある手榴弾を手に取った。

その時である。

道端に、一人の女性が立っているのが見えた。

その女性とすれ違った瞬間、泰之は足を止めた。

これ以上小寺との距離が離れれば再び位置すら分からない状況となってしまうのだが、このときの泰之は小寺を追っていることすら忘れていた。それくらいの衝撃だった。

まるで金縛りに遭っているかのように固まっていた泰之は、女性を振り返った。

やはりそうだ。

そこには、死んだはずの泉がいたのだ……。

泉との再会に泰之は茫然となり、じっと泉を見つめる。

夢でも、幻覚でもない。泉が目の前に立っている。

泰之と全く同じ格好で、背中にはリュックサックを背負っている。右手には同じくマシンガン。

「泉、どうして……」

信じられないというように、泰之は泉に歩み寄る。

「泉、泉」

嬉しくて何度も泉の名を呼んだ。しかし目の前に立つ泉は、

「泉……？」

と怪訝《けげん》そうな声で言った。

その声を聞いた瞬間、泰之はハッとなった。声が泉ではなかった。

泰之は打ちのめされた。

「泉じゃ、ないのか……」

冷静に考えれば、泉のはずがないのである。

しかし、顔だけ見れば泉だった。目の前にいる女性は髪が乱れ、身体も病的なほど痩せているが、髪を綺麗に結って健康的な身体つきになれば、見た目は泉そのものである。

年も同い年くらいに見える。双子なのではないかと思うほどだった。

泰之は、目の前の女性が泉ではないことが分かっても、

「泉……」

と無意識のうちに名を呼んでいた。すると女性はこう言ったのである。

「あなたがそう呼ぶのも、無理はないです」

上品な喋り方も泉に似ていた。

「泉を、知っているんですか」

「ニュースで、あなたの奥さんのことを知ったんです。初めて見た時、驚きました。まるで自分のことを見ているようでした」

女性は一拍置き、

「高橋、さんですね」

と言った。

「はい。あなたは」

「星野《ほしの》範子《のりこ》」

泰之は名を聞いてもピンとこなかった。

「なぜ、蛇岩島に？」

遠慮がちに尋ねた。星野は目を伏せ、

「角田敦郎という男に、二十年監禁されていたのです」

彼女が監禁事件の被害者だったのか、と泰之は思う。

報道番組は、彼女のプライバシーを考慮して、名前も顔も公表しなかった。

しかしまさか、監禁事件の被害者がこれほどまで泉に似ているとは……。

星野範子は厳しい顔つきになり、

「お互い、話している余裕なんてありませんね。私は角田を探さないと」

そう言って歩きだした。星野は小寺が逃げた方角とは逆の方向に進んでいく。泰之は一刻も早く小寺を見つけ出したかったが、星野の背中を見ていると、泉が去っていってしまう、という感情が湧いてきた。

泰之は引きつけられるように星野範子の背中を追った。

ただ泉と瓜二つというだけなのに、泰之はどうしても星野範子と別れることができなかった。

気づけば、死んだ泉の姿を星野範子に重ねて見ている。

彼女の姿を眺めていると、泉が生き返ったのではないかという錯覚を起こしてしまう。

何かに取り憑《つ》かれたみたいに星野の後ろを歩く泰之はふと腕時計を確かめた。

午後九時三十分。残り九十七時間。

あれから二時間近く歩いており、現在二人はNの⑬地点にいる。しかし、泰之と星野の地図に未だ反応はない。

二時間も歩き続けている二人に、さすがに疲労の色が見え始めた。

泰之たちの視線の先には小さな廃校が建っており、星野範子は泰之を一瞥すると、

「私は少し休みます」

疲れた声で言って、廃校の方へと進んでいった。泰之は無言のまま彼女の後ろをついていく。

校門をくぐり、グラウンドを歩く。校舎に入る直前、泰之は星野を追い抜き、マシンガンを構えながら慎重に中に入った。

人の気配は感じない。泰之はマシンガンをおろすと、リュックを地面に置き、大丈夫、と星野に言った。

星野は下駄箱を背もたれにして座る。泰之は彼女から少し離れて胡座《あぐら》をかいた。

足の裏が酷く痛む。しばらく立ち上がれそうになかった。

泰之はふと、星野の腕時計を見た。

残り九十八時間と表示されている。つまり泰之の一時間後にスタートしたということだ。

星野はリュックサックを開けるとペットボトルを取り出し水を飲む。喉が潤うと今度はパンを一つ手に取り、無言のまま食べ始めた。泰之も腹が減ったのでおにぎりを取り出し、

一口かじる。

気づけば星野の横顔をぼんやりと見つめていた。

二人に会話はなく、目も合わせないが、泰之は一緒に食事を摂《と》っていると、何だか昔に戻ったようで、とても懐かしい気持ちになっていた。

泰之の脳裏に、満面の笑みを浮かべた泉の姿が過《よ》ぎる。

星野を見ていると、今にも『ヤスちゃん』と呼ぶ泉の声が聞こえてきそうだ。

泰之は星野を眺めながら、心の中で泉と呼んだ。

視線を感じた星野が泰之をちらりと見た。泰之は素早く視線をそらす。取り繕うように、もう一口おにぎりをかじった。

おにぎりを食べ終えた泰之は、星野に言った。

「今日は妻の二十九回目の誕生日なんです」

星野は気の毒そうな表情を見せ、

「そうでしたか」

「泉が生きていたら、今ごろ一緒に……」

辛《つら》くて言葉が詰まる。

泰之は声の調子を変えて言った。

「あなたといると、泉と一緒にいるような気持ちになります。違うって分かっているのに、生き返ったんじゃないかって、思ってしまいます」

星野はその言葉に少し困惑した様子を見せた。

「いけませんね、僕には時間がないのに」

それからしばらく沈黙が続いた。

星野は遠くの方をぼんやりと見つめている。

「八歳の夏でした」

星野が徐《おもむろ》に口を開いた。

「一人公園で遊んでいた時、突然角田に攫《さら》われて、角田の住むアパートに連れていかれたんです。角田は狭い部屋に私を閉じ込め、私の周囲をぐるりと囲むように畳に赤いテープを貼ると、この中から出てはいけない、出たら殺す、と命令しました。毎日毎日そう命令された私は、赤いテープの外から出ることに恐怖心を抱き、逃げたくても、逃げられなかった。

角田は二十年間、私を人形のように扱った。私をとあるアニメキャラクターの名で呼び、自分の好みの洋服を着させたり、アニメキャラクターの台詞《せりふ》を言わせたり。十歳になると、角田は私の身体に興奮するようになって……」

星野は一旦言葉を切り、こう続けた。

「ご飯を食べる時も勿論赤いテープの中。本を読む時も、一人遊ぶ時も。それに、トイレも赤いテープの中。角田が全て処理してました。角田が外に出る時は、オムツをはかされて……それが二十年も続いたのです」

角田が少女を虐待している映像が、泰之の目に浮かぶ。

「酷すぎる」

「私は、二十年間の恨みを必ず晴らします。もし蛇岩島で復讐を果たせなくても終わらせません。絶対に角田に復讐します」

ずっと静かな表情だった星野が、一瞬だけ恐ろしい形相となった。

泰之と目が合うと星野は抑揚のない声で、

「少し疲れました」

そう言って目を瞑った。

泰之はしばらく星野の横顔を見つめていたが、泰之もそっと目を閉じた。

眠るつもりはない。ほんの少しの時間休憩して、小寺を探しに行くつもりだった。

泰之は暗闇の中に泉の姿を浮かべる。

一緒にレストランに行き、誕生日祝いをして、予め《あらかじ》用意しておいたプレゼントを渡す。

箱の中には白いハンドバッグが入っており、泉はハンドバッグを持つと、嬉しそうに、
ヤスちゃん似合う？　と尋ねる。

泰之は、結婚一周年記念日のあの時とは違い、素直に、似合っているよと褒めてやる。

急に場面が変わった。誕生日祝いをしていたはずなのに、自宅マンションに戻っている。泉は家事をしているのだが、急に泰之を振り返ると、さようなら、と言って家を出ていってしまったのだ。

泰之は必死に追いかけるが、どうしても泉に追いつくことができず、やがて泉の姿は消えてしまった……。

「泉！」

泰之はビクッと目を開けた。

あまりにも疲れていたせいで、眠りに落ちてしまっていた。

泰之はハッと隣を見た。さっきまでいたはずの星野範子がいなくなっていた。

一体、どこへ行ってしまったのだろうか……。

泰之は慌てて腕時計を確認する。

午後十時五分。寝たといってもほんの十分程度だったようだ。

この十分の間に、星野範子はいなくなった。

星野範子があまりにも泉に似ており、更には突然現れ、突然いなくなったものだから、泰之は、やはりあの女性は幻覚だったのではないか、と一瞬思った。

泰之は足元に置いてあるリュックサックを背負うと立ち上がった。

泰之は何となくだが、星野はもうここには戻ってこない気がした。

星野範子がどこへ行ったのか気になるが、もうこれ以上星野と泉を重ねてはならないと思った。

泰之の目的は、泉を殺した小寺諒に復讐することなのだ。

廃校を後にした泰之は、辺りに注意を払いながら電子地図を見た。

小寺の位置情報が表示されていない状況で、小寺を探すのはかなり困難である。

泰之は今、Nの⑬、蛇岩島の北西地点にいる。

もし小寺が近くにいるのなら、動かない方が賢明であるが……。

泰之はそう思っても動かずにはいられなかった。小寺がいることを信じて、南の方に歩を進めた。

しかし泰之の期待とは裏腹に、一時間以上が経っても電子地図に反応はない。

泰之は一旦足を止め、リュックサックからペットボトルを取り出し、ぬるくなった水を一口だけ飲んだ。

全然物足りないが、水は節約しなければならない。

泰之はグッとこらえて水をしまい、再び歩きだす。

その直後だった。

泰之は慌てて懐中電灯を消し、すぐ近くにある民家の陰に隠れた。

前方から、大勢の人間がやってくる。

泰之は息を止め、そっと顔を出す。

ざっと五十人近くおり、皆武器を手にしている。殆《ほとん》どが男性だが、三人ほど女性もいた。

泰之はすぐに、『世界プラーナ教団事件』の被害者たちであることを知った。

泰之は懐中電灯をつけ、彼らに歩み寄る。一斉に銃を向けられるが、ほとんどの者が泰之の顔を知っており、ある一人が大丈夫だと言うと、全員が武器を下ろした。

「あなた、高橋さんですね」

泰之に声をかけたのは、先頭に立つ、中年の男性だった。

泰之は、はいと頷き、

「板垣さんですね」

と言った。

板垣潤也《じゅんや》。彼は、『世界プラーナ教団事件被害者の会』の代表である。泰之が彼の名前を知っていたのは、そのためだ。

板垣は、世界プラーナ教団の信者に殺害された、板垣智也弁護士の兄である。

「初めまして」

板垣は二回り近く年下の泰之に丁寧に挨拶した。

泰之は板垣に挨拶した後、他の復讐者たちにも挨拶した。

「どうやら、神河聖徳はまだ見つかっていないようですね」

泰之が尋ねると、板垣は頷いた。

「高橋さんの仇は小寺諒、でしたね」

泰之が返事をすると、板垣はこう言った。

「高橋さんも、我々と共に行動しませんか。もし小寺諒が神河聖徳と合流していたら厄介だ。奴らは武器を持っていないとはいえ、あなた一人では危険ですよ」

板垣の言うとおり、彼らと一緒に行動した方が安全である。

泰之は、小寺諒を見つけるまでそうすることに決めた。

「ありがとうございます」

お礼を言った、その時である。

後方から弱々しい声が聞こえてきた。

「よかった、見つかって」

現れたのは、板垣たちとはぐれていた日野翔太だった。足は随分よくなったようだが、かなり疲れた様子である。

日野は泰之を見ると、

「高橋さん！」

意外そうな表情を見せ、

「『復讐』果たせたんですか！」

興奮気味に聞いた。

脳裏に星野範子の姿が過ぎる。しかし泰之はただ、

「いや、あと一歩のところで見失ってしまった」

と言うしかなかった。

✡

Aの⑮、蛇岩島の北東地点には廃屋が多く建ち並んでおり、それぞれの屋根には微かではあるが、宿、酒、精肉、魚、商店、食堂の文字が残っている。

そこから北方面に進むと、五階建てのホテルが聳《そび》え立っている。更に北側には、国が造ったコンクリートの外壁が建っている。

ホテルの入り口付近には二十人の男たちがおり、彼らは手を繋《つな》ぎ、輪を作っている。

円の中心には、髪の長い、髭を生やした男が座禅しており、目を閉じながら呪文のような言葉を唱えている。

世界プラーナ教団教祖神河聖徳と、その信者たちだった。

神河聖徳たちは島内を歩き続け、ここAの⑮にやってきた。

開始から七時間以上が経つが、復讐者たちとは一度も遭遇していない。信者たちは皆、それは神河聖徳の力だと信じ込んでいる。

神河聖徳たちに武器や食料はなく、更には自分たちの位置情報を復讐者たちに送る送信機を装着している。

普通の精神であれば恐怖に怯え、必死になって島中を逃げ回るところだが、信者たちは奇妙なくらい落ち着いている。

皆、教祖様が守ってくださる、と信じているからである。

しかし安心しきっているわけではない。万が一危機が迫れば、命を捨ててでも神河聖徳を守る覚悟である。

二十人の信者たちは、まるで修行をしているかのように同じリズムで呼吸を繰り返し、円陣の中心で座禅を組む神河聖徳に真剣な眼差《まなざ》しを向けている。

ここにいる信者たちは皆幹部クラスの信者であり、そのほとんどが難関大学の卒業者だった。

公認会計士や医師、それに弁護士等、社会的評価の高い国家資格を持つ者までいる。

一緒に島に渡ってきたがこの場にいない残りの十一人は見習い信者であり、彼らは現在五つのグループに分かれ、武器と食料の調達に出ている。

無論、神河聖徳の命令である。単独で行動している復讐者や、隙のある復讐者たちを襲い、武器と食料を強奪してくるのだと……。

神河聖徳たちがこの廃墟ホテルに到着してからすでに三十分近くが経過しているが、神河は依然呪文のような言葉を唱え続けており、Aの⑮から移動する気配は全くない。

神河は精神を集中し、板垣潤也等五十七人の復讐者たちに『死』の天罰が下るよう呪いの言葉を唱えていたのである。

六月一日、『世界プラーナ教団事件』によって多くの命が犠牲となったが、神河聖徳には殺人を犯したという自己認識はない。

神河聖徳は、世界プラーナ教団に刃向かう愚かな者たちを『粛清《しゅくせい》』したのだ。

復讐者たちはそれを理解しようとはせず、復讐だ、家族の仇だ、と喚《わめ》いている。

被害者遺族もまた、愚かである。

しかし彼らが愚かであるが故、『粛清』に関わった者全てが『無実』となるのである。

神河聖徳は、この百時間を単なる修行の場としか考えていない。

神河は、私は神から選ばれし偉大な国王なのだ、と心の中で叫ぶ。

我々は正義。悪には負けぬ。

神河は呪いの言葉に更なる力を込める。

神河を囲む二十人の信者たちは心の中で、教祖様、教祖様と、神河にパワーを送るように唱え続けた。

一方、世界プラーナ教団事件の復讐者たちと共に行動している泰之は現在Dの⑮におり、先頭に立つ板垣はAの⑮を目指して歩いている。

時刻は午前一時三十分。泰之の腕時計は、残り九十三時間と表示している。

皆、神河聖徳たちに復讐してやるんだと執念を燃やしているが、重いリュックを背負いながら長い時間歩き続けているため、殆どの者が限界に近い感じだった。

先頭を歩く板垣は冷静であり、皆の様子を見て、三十分ほど休憩を取ろうと言った。皆板垣の意見に賛成し、その場に腰を下ろす。

泰之は食料は摂らず、ぬるくなった水を少し飲むにとどめた。

隣に座る日野翔太はパンを一つ食べ、ペットボトルを取り出すと、ぐびりぐびりと喉を鳴らしながら水を飲んだ。少しは生き返ったようだが、日野は首をがくりと折り、大きく息を吐き出した。

泰之も日野と同様、会話を交わす余裕すらない。地べたに寝転べば、一瞬で眠りに落ちそうなほど疲れきっている。

泰之と日野が再会した直後はまだ体力にも余裕があり、二人は歩きながらいくつか言葉を交わしたのだが。

まず泰之が気持ちを奮い起こし、日野に対して、板垣たちを探している間、小寺諒らしき人物は見なかったかと質問した。見ませんでした、と答えた後、日野は泰之を慰めるように、必ず奥さんの仇を取る時が来ますよ、と言った。

日野はその後、僕も絶好のチャンスを逃しました、と呟いた。

日野は、仇を追う際に転んで捻挫し、板垣たちとはぐれたのだが、その時電子地図には二人の位置が表示されていたそうだ。日野は『二子玉川デパートソマン事件』で妹を殺された被害者遺族なので、日野の電子地図に現れたその二人が『二子玉川デパートソマン事件』に関わっていたのは間違いない。泰之は、はたしてそれは神河聖徳だったのだろうかと言った。

その会話を聞いていた板垣たちは、神河聖徳ではないと言った。二人とも若い信者だったと。

板垣たちは二人の信者を追い、肉眼で姿を捉えるところまで迫ったらしい。だが、板垣たちも初めて武器を扱ったため、走りながら銃を撃つのは困難であり、更には重い荷物のせいで体力の消耗が早く、一気に距離を離され、結局行方を見失ってしまったのだそうだ……。

泰之は地べたに座りながら腕時計を見た。

約束の三十分が過ぎたが、半数以上がまだ立ち上がれないといった様子である。皆一刻も早く神河聖徳たちに復讐したいという想いとは裏腹に、身体がついていかないのだ。

板垣は皆の状態を見て、もう少し休憩しようかどうか悩んでいる様子である。

その時、後ろから声が聞こえてきた。

「行きましょう。これ以上グズグズしてられねえ」

皆に呼びかけたのは、前田《まえだ》達也《たつや》という二十歳の青年である。彼は『熊谷ソマン事件』で兄を失った。

泰之は頷き、立ち上がる。すると皆も立ち上がった。しかしまだ歩けない状態の者が多くいる。中年層の男女である。

板垣が、回復しきっていない者たちを見て言った。

「もう少し休んだ方がいいんじゃないか、前田くん」

前田は不満そうな表情を浮かべ、

「しかし、休んでいる間にも時間は過ぎているんです。一刻も早く神河聖徳たちを見つけなければ！」

「焦る気持ちは分かるが、この状態で神河聖徳たちを見つけても……」

「僕が捕まえて仕留めます」

前田は板垣に最後まで言わせなかった。

「前田くん」

「それでいいでしょう」

板垣は首を横に振った。

「だめだ。神河聖徳たちは皆の敵。皆で復讐を果たすんだ」

説得しても、前田は納得がいかない様子である。

「板垣さん」

興奮した声の調子で言った。

「何だね」

板垣は冷静に返事した。

「僕は復讐派ではなく、裁判派だったのです。それでも殺された兄のため、権利を放棄するわけにはいかず、蛇岩島へやってきました。もし百時間以内に復讐できなければ神河聖徳たちは無罪になる。それは絶対に許されないんだ！」

「もちろんそうだ。しかし前田くん、落ち着くんだ」

「僕は冷静ですよ！」

前田が声を張り上げた、その時だった。

突然泰之の電子地図が振動したのである。泰之だけではない。『二子玉川デパートソマン事件』の復讐者たちと、『熊谷ソマン事件』の復讐者たちの電子地図にも反応があったのである。

泰之は日野たちの電子地図を見た。

小寺たちはどうやら三人で行動しているようだ。

場所はDの⑮とCの⑮の境目である。三人は泰之たちに背を向け、北東の方へと向かっている。

泰之たちは俄に殺気立つ。今度こそ仕留める、と泰之は泉に誓った。

皆今にも走りださんばかりの勢いであるが、板垣が興奮を静めるように言った。

「みなさん落ち着きましょう。さっきみたいに一気に仕掛けては、失敗する恐れがある。もう失敗は許されません」

板垣は、四つのグループに分かれ、信者たちに気づかれぬよう包囲し、銃声を合図に奇襲する作戦を提案した。

皆その作戦に同意し、泰之と五十七人の復讐者たちは四つのグループに分かれた。泰之と日野と前田は、板垣を含む十一人と一緒に信者たちの前に回り込むことになった。

奇襲を仕掛けるのは、泰之たちが小寺たちの前に回り込んだ直後だ。合図を放つのは板垣に決まった。

早速各グループが動きだす。泰之たち十四人は大回りして小寺たちに近づいていく。

電子地図を見る限りでは、小寺たちはまだ泰之たちの気配には気づいていない。しかし進み方を見ていると、相当警戒しながら移動しているようだ。慎重に近づかなければすぐに気づかれる。

泰之たちは気配を消しながら小寺たちに忍び寄っていく。

そして、ついに泰之の肉眼が小寺の姿を捉えた。

「小寺……！」

泰之の心臓が激しく暴れだす。右手に持つマシンガンを強く握りしめた。

小寺たちは左斜め前方にある廃墟の横を歩いている。

小寺と一緒にいる二人の信者は背が高く、暗いから顔は見えないが、一人は短髪、もう一人は長い髪を一本に束ねている。最初、女だろうかと思ったが、骨格からして確実に男である。

「ぶっ殺してやる」

泰之の後ろにいる前田達也が小声で言った。

泰之たちの殺気は凄《すさ》まじく、作戦を忘れ、今にも襲いかかりそうな勢いだった。

泉、今度こそ見ていてくれよ……。

「落ち着いて、奴らの前に回り込むんだ。行くぞ」

板垣はそう言って、後方にいるグループに軽く手を上げた。

その直後だった。

どこか遠くの方から、

「ぎゃあああ」

と男の悲鳴が聞こえてきたのである。

その瞬間、小寺たちは立ち止まって辺りを見渡す。

小寺たちは泰之たちの姿には気づいていない。しかし運悪く、泰之たちに背を向けて走りだしたのだ。

板垣は悔しがり、

「作戦中止だ！」

と叫び走りだした。

泰之たちも一斉に走りだす。その瞬間小寺たちは泰之たちの存在に気づいた。

泰之たちは必死の形相で三人を追いかける。

まだ射程圏内ではないが、泰之たちはマシンガンや銃を構え引き金を引いた。

一斉に弾が発射され、その瞬間女のような悲鳴が聞こえてきた。

「きええ！」

悲鳴を上げたのは小寺だった。弾丸が小寺の右肩を捉えたのだ。

いや、捉えたといっても擦《かす》った程度である。しかしダメージを与えたのは確かだ。

泰之は頭の中で、小寺は撃つな、小寺は撃つな、俺がトドメを刺すんだと叫び、再びマシンガンの引き金を引いた。

トドメ、トドメトドメトドメトドメ！

泰之は、マシンガンに込められている弾がなくなるまで撃って撃って撃ちまくった。

しかし弾はどれも外れ、泰之は胸ポケットにしまってある手榴弾を手に取った。

だがすぐに思いとどまる。両者走っている状態で手榴弾を命中させられるはずがない。

近距離ならまだしも、小寺との距離は徐々に離れているのである。

泰之はマシンガンに弾を充塡《じゅうてん》し、再び小寺に向けて発射する。だが、いくら撃っても小寺を捉えることができない。

前方に、川が見えてきた。川はCの⑮から戦場外の方、つまり北の外壁の方へと流れている。

小寺たちは躊躇《ちゅうちょ》することなく川を渡る。

遅れて泰之たちも川に到着するが、思ったよりも深く、川幅も広い。

小寺たちは進むのに手こずっている様子だ。

「撃て！　撃て！　撃て！」

復讐者たちが一斉に銃の引き金を引く。しかし当てることができない。

泰之は今度こそ、と手榴弾を手に取り、ピンを抜くと小寺めがけて投げた。

手榴弾は、狙ったとおり小寺の近くに届いたが、生憎川の中に落ちた。小寺たちは悲鳴を上げ、慌てて逃げる。

川に沈んだ手榴弾は、大きな水しぶきを上げながら爆発した。

しかし水の中では威力が半減してしまい、小寺たちを爆風で飛ばしたが、致命的なダメージを与えることはできなかった。

「追え！　逃がすな！」

板垣が叫ぶ。泰之たちは小寺たちを追うが、川は深く、更には荷物が重いせいでうまく進むことができない。

泰之たちが半分まで進んだ時、小寺たちは川を抜け、森の中に入っていった。

泰之は川を進みながら電子地図を確かめる。

まだ、小寺の位置は表示されている。しかしこれ以上離されれば再び位置は消える！

ようやく川を抜け出た泰之は全力で小寺を追う。

前方には森が広がっており、小寺たちは確かにこの中に入った。

泰之は懐中電灯をつけ、森の中を進んでいく。だが、小寺たちの姿は見えない。泰之は再び電子地図を確認した。

泰之はその瞬間崩れ落ちそうになった。

液晶画面にはもう、小寺の位置は表示されていなかった……。

泰之は一瞬絶望感を抱いたが、諦《あきら》めるにはまだ早い。小寺の位置が分からなくなったとはいえ、小寺はまだ同じCの⑮にいるはずなのだ。

泰之は残っている力を振り絞り森の中を走った。

だが、小寺たちの姿は見えてこない。

森を抜けた時、泰之の足はすでにふらついていた。辺りに光をあて、完全に小寺を見失ったことが分かると、泰之はとうとう力尽きたようにその場に崩れ落ちた。

激しく呼吸を繰り返しながら、泰之は地面に拳《こぶし》を叩きつけた。小寺を仕留められなかった悔しさと、不甲斐《ふがい》ない自分への怒りだ。

泰之はすぐに立ち上がるが、とても走れる状態ではなかった。

泰之は再び地面に膝をついてしまう。

間もなく、後ろから足音が聞こえてきた。

前田が足をふらつかせながらやってきた。その後ろには板垣たちがいる。

全員、森から出た瞬間、泰之と同じようにその場に崩れ落ちてしまった。

前田は怒りに震えている。我慢できず、懐中電灯を地面に叩きつけた。

怒りの矛先は、板垣に向けられた。

「板垣さん、失敗したのはアンタのせいだ！」

板垣は言い返さず、ただ俯くだけだった。

「グズグズしているから逃げられたんだ。あの時一気に仕掛けていれば、奴らを仕留めることができたんだ！」

板垣は責任を感じ、

「申し訳ない」

全員に頭を下げた。

「板垣さんのせいじゃありませんよ」

日野が遠慮がちに言った。

「まだ時間はあります。終わったわけじゃ」

「うるせえ！」

突然前田が叫んだ。彼は立ち上がるとこう言ったのだ。

「アンタら足手まといなんだ。アンタらと一緒に行動していたら、神河聖徳たちを殺す前に時間切れになっちまうよ！」

前田は一拍置き、

「俺は一人で行動する。その方がよっぽどましだ」

低い声で言うと、板垣たちに背を向け走りだした。

この前田の行動が引き金となり、焦りを抱く者、団体行動に不満を抱く者、好機を逃して怒りを抱く者等、一人、また一人と他の復讐者たちも立ち上がり、前田とは違う方向に走っていった。

すぐに板垣が止めたが、無駄であった。別行動を決断したのは、前田を含め計七人。

泰之も立ち上がり、板垣たちに言った。

「僕も行きます。小寺はまだ、そう遠くには行っていないはずですから」

泰之は板垣に一礼すると、走り出した。

後ろから日野の声が聞こえてきたが、泰之は一度も振り返らなかった。

✡

命からがら逃げ切った小寺諒と二人の信者はAの⑮に向かって走っていた。ただし、走るといっても三人の体力はピークを超えており、動きはフラフラである。特に右肩を負傷している小寺は、端整な顔が痛みによって歪んでいる。出血は少ないが、今にも倒れそうな状態だ。

小寺たちはもはや精神力だけで走っていた。崇拝する神河聖徳の存在が、彼らに勇気と力を与えているのだった。

小寺たちは、教祖様が必ず守ってくださると信じている。

今一番の願いは、自分たちが助かることではなく、神河聖徳が無事であること、次に、神河聖徳たちがまだAの⑮にいることである。

小寺諒が二人の信者と会ったのは、ほんの三十分前のことであった。

食料と武器の調達に出ていた二人に偶然会い、そこで神河聖徳たちがAの⑮にあるホテルにいることを知ったのである。

小寺は神河聖徳の元に辿り着けるのを夢見てひたすら前に進んでいく。

いつしか小寺はぼんやりと前を見つめながら、神河様、神河様、と唱えていた。


小寺諒が世界プラーナ教団に入信したのは約二年前のことである。

当時、秋葉原のコスプレ専門店でアルバイトをしていた小寺は、『少女アニメ』だけが生き甲斐の、所謂《いわゆる》アニメオタクだった。

アルバイトは週四日。休みの日は、少女アニメを観たり、キャラクターグッズを買いに出かけたりして過ごしていた。

そんなある日のことだった。高校時代の友人に突然呼び出され、世界プラーナ教団に入らないかと誘われたのである。

その友人は、高校時代は小心者で引っ込み思案だったはずなのに、百八十度人間が変わったみたいに積極的に世界プラーナ教団の魅力を話した。

小寺は半ば強引に、東京の練馬区にある教団施設に連れられ、施設内にある道場に案内された。

道場では神河聖徳と、千人近い信者が座禅を組んで瞑想しており、友人は、『忘我』の修行をしているのだ、と言った。神河聖徳様と忘我の修行を積めば、必ず苦悩や束縛から解放されたり、死が怖くなくなったりするのだ、と。

修行は三時間以上続き、修行を終えると神河聖徳は大勢の信者の前で様々な教えを説いた。

『身体は死しても魂は生き続ける』

『欲望が不幸を生む』

『修行すれば不老不死の世界を手に入れることができる』

神河聖徳の教えを有り難そうに聞く信者。

小寺はそんな彼らを見て、神河聖徳が偉大な人物であることを理解した。しかしこの時はまだ『入信』の二文字はなかった。

翌日から、毎日のように友人から連絡がくるようになり、世界プラーナ教団に入るよう説得された。

小寺は断り続けていたのだが、神河聖徳に出会ってからちょうど一カ月が経った日のことである。

小寺の母親が車のハンドル操作を誤り、逆車線を走行するダンプカーと正面衝突したのである。

母親は意識不明の重体。医者からは、助かる見込みはほとんどないと言われた。

小寺は奇跡を信じたが、気持ちの半分以上は母の死を覚悟していた。

すると、事故を知った友人が病院にやってきて、小寺に向かっていきなり、神河様に助けていただこう、と言ったのである。

小寺は無理矢理施設に連れられ、友人が神河聖徳に事情を説明すると、神河聖徳は黙って祭壇に行き、小寺の母の無事を祈ったのである。

祈禱《きとう》を終えた直後だった。病院から連絡があり、母親が意識を取り戻したというのだ。

一時的なものではなく、母親は驚異的な回復力を見せ、一カ月後に退院したのである。

小寺は、母親が助かったのは神河聖徳の力によるものだと確信し、世界プラーナ教団に入信。

最初は、母親の命の恩人という意識が強かったが、いつしかその想いよりも、偉大な力と、不思議な魅力を持つ神河聖徳に取り憑かれ、のめり込んでいく。

小寺は、神河様の力になりたい、そして、いつか世界プラーナ教団の幹部になりたいと夢を抱いた。

しかし約一カ月半前、神河聖徳は殺人罪で逮捕され、神だと崇《あが》めていた神河を失った小寺は、神河様がいない世界で生きていても仕方がないと、自殺することも考えた。

小寺は、神河聖徳に死刑判決が下されると諦めていたのだ。そうなれば、この世は終わりである……。

小寺は自身の予想に反し、『復讐』を選択した高橋泉の遺族と、『世界プラーナ教団事件』の被害者遺族たちに心から感謝している。

なぜなら、また神河様の御側《おそば》にいられるから……。


小寺と二人の信者は、Aの⑮にあるホテルに到着した途端、目が輝いた。小寺の喜んだ表情は、まるで少女のようだった。

ホテルの入り口に、神河聖徳たちがいたのである。

神河聖徳は二十人の幹部信者たちに囲まれ瞑想している。

小寺たちは二十人の幹部信者たちの前で正座し、神河聖徳に深々と頭を下げた。

「神河様、小寺でございます」

目には涙を浮かべ、感動したような声で言った。しかし小寺が挨拶しても神河聖徳は目を閉じたままである。

「神河様がご無事で安心いたしました」

「…………」

「神河様、私をお守りいただきありがとうございます」

「………」

神河聖徳はずっと黙っているが、小寺にとってみれば別段不思議なことではなかった。

神河聖徳が見習い信者と直接話すことは滅多《めった》にないのだ。

神河聖徳から返事はないが、小寺たちは正座したまま神河聖徳を見つめている。

すると、神河聖徳が目を瞑ったまま口を開いた。

「武器と食料は集まったか」

小寺の隣に座る二人の信者が、申し訳ありません神河様、と頭を下げながら言った。

「大勢の敵に発見されてしまい……」

神河聖徳は表情を一切変えず、

「もうじき、奴らはここにやってくるだろう」

と言った。しかしまだ動く気配はない。

「お前たちは」

神河聖徳が突然目を開き、小寺たちを見た。

「一刻も早く武器と食料を調達してくるのだ」

神河聖徳は、小寺が右肩を負傷していることを承知の上でそう命令したのである。

「我々の命を狙う者たちを、皆殺しにするためにな！」

神河聖徳は、二十人の幹部信者たちに囲まれながら蛇岩島の南東方面に移動していく。信者たちは辺りを警戒しながら進んでいくが、神河聖徳は堂々とした足取りである。

神河聖徳たちが病院を後にする際、ある幹部信者が小寺たちにこう言った。

神河様は、これからAの①に行くと仰っている、食料と武器が手に入ったらすぐに我々の元に届けるのだ、と。

食料と武器の強奪を命じられた小寺たちは、神河聖徳の姿が見えなくなるまで平伏《ひれふ》す。

神河聖徳の姿が視界から消えると、三人は同時に立ち上がった。

しかし小寺一人だけ、まるで途方に暮れたようにその場に立ち尽くしていた。

神河聖徳の前では気を張っていたが、疲労と、空腹と、右肩の痛みのせいで、小寺の意識は朦朧《もうろう》としていた。

「小寺さん?」

長い髪を束ねている信者が声をかけると小寺はハッとなり、

「神河様のために、武器と食料を集めに行きましょう」

意気込むが、声は疲れきっていた。

「小寺さん、大丈夫？」

もう一人の髪の短い信者が、小寺の顔と右肩を交互に見ながら言った。

「大丈夫です」

「いや、大丈夫じゃないですよ。顔真っ青じゃないですか。小寺さんは休んでいた方がいい」

「いや、でも……」

「心配いりません。神河様には、このことは言いませんから」

「小寺さん、あの辺りで休んだらどうですか」

髪の長い信者が前方を指さす。その先には、廃屋がいくつも建ち並んでいた。

二人の信者は、小寺が返事する前に廃屋の方へと歩を進める。

小寺は二人の気遣いが有り難いが、廃屋に隠れることに不安と恐怖を抱く。もし高橋に気づかれたら逃げ場がなく、確実に殺される、と……。

本当なら二人と行動した方が安全である。

しかし今の小寺には、二人と行動するだけの体力、気力、ともに残っていない。

どうするべきかと迷いながら、小寺は二人についていく。

すぐに小寺の足が止まった。

小寺はぼんやりと足元の草を眺める。

幻覚ではない、草の中に、サバイバルナイフが落ちていた。よく見ると、刃が少し錆《さ》びている。

小寺はナイフを拾い上げ、じっと刃を見つめる。

脳裏に、高橋泉を刺し殺した時の映像が蘇《よみがえ》る。

心臓から血が噴き出し、返り血を浴びた瞬間、目の前が真っ赤に染まった……。

前を歩く二人が、小寺の元に戻ってきた。

「小寺さん、それナイフじゃないですか」

髪の長い信者が興奮気味に言った。

「…………」

小寺は刃を見つめたままである。

「小寺さん？」

「ええ、そうです、ナイフです、ナイフですよ」

小寺は人が変わったように、抑揚のない声で返す。そしてこう呟いた。

「これがあれば……」

端整な顔が、狂気に染まった。

「一体、どうしました、小寺さん」

髪の短い信者が怪訝そうに聞くと、小寺は急に息づかいが荒くなる。

「小寺さん？」

「お二人に、お願いがあります」

「お願い？」

二人は声を揃えて言った。

小寺は突然怯えた表情になり、こう言ったのである。

「一緒に僕と来てください。捨ててきてほしいものがあるんです」

二人は首を傾《かし》げた。

「捨てる？」

小寺がその先を言うと、二人の顔は真っ青に変色した。

✡

時計の針が、午前四時を回った。開始から早九時間半。いつしか空は明るみ始めている。

ほとんど休憩もとらず、小寺を探し続けている泰之の体力はもう限界を超えていた。

泰之は足をふらつかせながら、蛇岩島の北東、Aの⑮に到着した。最初、Cの⑮からAの⑮方面へと向かっていたのだが、途中進路を変更し、一時はBの①まで南下して、そこからまた向きを変え、Aの⑮へとやってきたのだ。

すぐ先には五階建てのホテルが建っている。更に向こう側にはコンクリートの外壁が建っている。

泰之は、周辺に誰もいないか注意を配り、ホテルの中に入った。すぐに休みたいが、入り口付近で休んだりしたら受刑者たちのいい餌食だ。

階段を上り、三階の踊り場までくると、力尽きるようにぐったりと座り込んだ。埃《ほこり》が舞い咳《せ》き込むが、咳すら弱々しい。

もう、今にも眠ってしまいそうなほど疲れている。

泰之はリュックサックの中からペットボトルを取り出し、水を飲んだ。が、突然怒りが湧き上がり、ペットボトルを壁に投げつける。

二度も小寺を逃した、自分の罪は大きいと思った。

小寺は今、どこにいるというのだ。板垣たちと別れた時は、まだそう遠く離れてはいなかったはずなのに。

「泉……」

泰之は泉の姿を思い浮かべながら、重い瞼《まぶた》を閉じた。

泰之は瞬間的に眠りに落ちたが、すぐにハッと飛び起きた。

電子地図が、ピッピッピと音を発しているのである。

小寺が近くにやってきたのではないかと気持ちが昂ぶる。

緊張の面持ちで、電子地図を見た。

しかし、電子地図には小寺の位置は表示されていない。

判断力や注意力が鈍っている泰之は、電子地図がなぜ音を発しているのか、すぐに理解できなかった。

よく見ると、『Oの①から⑮』が消えていた。

泰之は腕時計を確認した。

午前四時三十分、残り九十時間だ。

泰之は時計を見て合点した。

十時間が経ち、小寺の逃げられる範囲が狭くなったのだ。

これで復讐者側がまた有利になった、と泰之は思う。しかし、泰之は立ち上がれない。

範囲が狭くなったとはいえ、小寺の位置が分からない状況に変わりはなく、体力、気力、ともに限界を超えている状態で、これ以上小寺を探しに行くことは不可能だった。

泰之はふと、板垣や日野、それに前田のことを思い出す。

神河聖徳たちは、一時間前に範囲が狭くなっているはずである。

彼らは今、どうしているだろうか。

泰之はそんなことを考えているうちに、再び眠りに落ちたのだった。

泰之は飛び上がるようにして起き上がった。すかさず手元に置いてあるマシンガンを手に取り、壁に向かって構えた。

泰之は辺りを見渡し、今起こった出来事が夢だったことに安堵する。

突然小寺に襲われ、包丁で心臓を何度も刺されたのだ。鮮血が噴き出し、抵抗する力もなくその場に倒れた。

泰之は額の汗を拭い、腕時計を確かめた。

午前七時三十分。残り八十七時間。

どうやら三時間も眠ってしまっていたようだ。

ただその分、体力は回復している。早く小寺を殺したいと身体中がうずうずしている。

泰之は渇いた喉を潤すと、リュックサックの中からおにぎりを取り出し、貪るようにして食う。

ふと、動作が止まった。

さっき見た夢を思い出していた泰之は、あることに気づいたのだ。

小寺に殺されたのは自分自身だと思っていたが、もしかすると、泉の記憶を見たのかもしれない、と。

そう思うと胸がきつく締め付けられた。

泉はまだ成仏できず、目の前に立っているのかもしれない……。

泰之はマシンガンを手に取ると立ち上がった。そして階段をおり、ホテルを出た。

どんよりとした空だが、少し動いただけでも汗が噴き出るほどの暑さと湿気である。

泰之は電子地図を見ながら、小寺が今どこにいるのかを予測する。

しかし、全く見当がつかない。

確実に言えるのは、禁止区域となった『Oの①から⑮』にはいないということである。

小寺は、神河聖徳たちと共に行動しているのか。それともまだ合流できず、二人の信者と行動しているのか。

その時、泰之の全身がカッと熱くなった。

泰之はCの⑮に注目する。

ここには確か、川が流れている。

スタートから十三時間。小寺は水と食料がない上に、右肩を負傷している状態で逃げ続けている。

更にこの暑さだ。相当苦しいはずである。

小寺は確実に水を欲している。

Cの⑮に川が流れていることは小寺も知っているのだ。

奴は必ずCの⑮に来る。

そう確信した泰之は、急いでCの⑮に向かった。


前方に、広大な森が見えてきた。昨晩小寺たちが逃げ込んだ森である。

森を抜けると、川が見えてくる。

泰之は一層警戒心を強めた。他の受刑者たちも水を求めてやってくるのは明白だからだ。

泰之は注意を払いながら森の中に入った。

すると突然空に多くの烏《からす》が集まりだし、旋回しながら不気味な声で鳴きだした。

泰之は妙に不吉な想いを抱きながら奥へと進んでいく。

微かであるが、川のせせらぎが聞こえてきた。

泰之は息を殺し、木々の隙間からそっと川の方を見た。

そこには、二十代前半と思われる女がおり、手で水を掬《すく》っては、ゴクゴクと喉を鳴らしながら飲んでいる。よほど喉が渇いていたのだろう、表情と動作は真剣そのものである。

女の耳には、小型送信機がついている。ということは、受刑者だ。

泰之は、世界プラーナ教団の信者たちの顔を次々と並べていく。『世界プラーナ教団事件』の加害者の中に女はいない。つまり、別の事件の加害者だろう。

女は安堵の息を吐くと立ち上がり、泰之が隠れている方に身体を向けた。

泰之は咄嗟《とっさ》にその場に屈むが、女はすぐに泰之の存在に気づいた。

女は震え上がり、泰之に背を向けると逃げていった。

泰之は警戒しながら川の方に進んでいく。

川辺に立つと、ほとんど空に近いペットボトルを取り出し、水を掬った。そして一気に飲み干した。

ひんやりと冷たい水が喉を通って胃に流れていく。

ぬるい水ばかり飲んでいたから余計に生き返った気分になった。

泰之は全く手をつけていない、残りの二本のペットボトルも空にすると、冷たい川の水と入れ替えた。その後すぐに木々の陰に隠れ、小寺がやってくるのを待った。

それから僅《わず》か二十分後のことである。

背の低い、でっぷりと太った男がやってきた。

男は川を目にした瞬間表情を輝かせ、贅肉《ぜいにく》を揺らしながら走ってくる。

泰之は一目で、星野範子を二十年間監禁していた角田敦郎だと分かった。

角田は汗だくになりながら川の前でしゃがみ込むと、手で水を掬い、グビリグビリと音を立てながら飲んだ。

角田は満足すると、命を狙われている身にもかかわらず、へへへと奇妙に笑ったのだった。

その声は五十過ぎとは思えないほど子供っぽく、泰之はあまりの気味の悪さに鳥肌が立った。

いかにもマニアックそうな男である。

泰之は角田を見据えながら、星野の話を思い出す。

幼い星野を攫い、二十年間も監禁していた姿を想像すると、怒りと同時に嫌悪感が湧き上がった。

角田は今Cの⑮にいるぞ。

泰之は心の中で星野に伝えるが、結局星野は現れず、角田は去っていった。

角田がいなくなった直後、今度は若い男がやってきた。

男は世界プラーナ教団の信者ではない。また別の事件の加害者であった。

男は喉を潤すと、走ってその場を去っていった。

泰之は、男の背を見つめながら思う。

この短時間で三人もの受刑者がやってきたのだ。やはり受刑者たちは全員水を欲している。

ここで待ち構えれば、いつか必ず小寺もやってくる！

泰之はそう信じて小寺を待った。

しかし、いくら待っても小寺はやってこない。やってきたのは、見覚えのない受刑者と復讐者たちである。

気づけば二時間半が経過していた。

泰之は段々神経が苛立《いらだ》ち始めるが、我慢だ、もう少しで小寺はやってくる、と自分に言い聞かせ、じっと木の陰で待ち続けた。

だが期待とは裏腹に小寺はやってこない。

おかしい、そんなはずはないのだ……。

更に二時間が経過したとき、泰之はふとこう思った。

小寺は、川の近くで敵が待ち構えているのを見越してやってこないのではないか、と。

もしそうであれば、最後の最後まで我慢比べになる。

水を一切飲まず百時間も過ごすのは不可能に近いが、万が一、小寺が耐え抜いたら……。

泰之は焦燥に駆られ、腕時計を見た。

残り、八十一時間三十三分。

本当に、小寺が先を見越して動かないのであれば、無意味な時間を過ごすことになる。

泰之はその場から立ち上がった。

しかし、最後のところで動かなかった。いや、動けなかった。

ここを離れた直後、タイミング悪く小寺がやってくるような気がする。

四時間半も待ち続けているのだ、もうじき小寺は来る！

泰之は、獣が獲物を狙うような目で小寺を待つ。

それから早くも一時間が過ぎ去った。

だが、小寺は現れない。

泰之の心の中で、再び葛藤《かっとう》が生じ始める。

その時だった。

二人の若い男たちが水を求めにやってきたのだ。二人とも右手には錆びきったバケツを持っている。民家に置いてあったものかもしれない。

泰之は二人の男の顔に見覚えがあった。『二子玉川デパートソマン事件』の実行犯である。

泰之は男たちの姿を見据える。

昨晩小寺と共に行動していた二人ではない。顔は暗くて分からなかったが、どちらも背が高く、一人は長い髪を後ろに束ねており、もう一人は髪が短かった。

今、水を飲んでいる二人は髪は短いが、背は小さい。

もし、昨晩小寺とともに行動していた二人なら捕まえて小寺のいる場所を吐かせるが、
泰之はその場から動かず、じっと二人の様子をうかがった。

二人の信者は満足げに喉を潤すと、襤褸《ぼろ》のバケツに水を汲む。

泰之はその時、奴らは神河聖徳に水を届けに行くのではないか、と思った。

二人の信者は南の方に向かって歩いていく。

泰之は立ち上がると、気づかれぬよう二人の後を追った。

脳裏に、神河聖徳の前で跪《ひざまず》いている小寺諒の姿が掠《かす》めたのだ。

泰之は、二人の信者が神河聖徳の元へ行くことを願い、そして、そこに小寺がいることを信じた。

二人の信者はCの⑮を抜けると、⑭、⑬と南下する。

水の入ったバケツを持っているせいでその足取りは重く、泰之はじりじりとした想いで後を追うが、同時に、小寺に近づいていると思うと次第に動悸が昂ぶった。

今度こそ必ず仇を討つ！　見てろ、泉。

泰之は二人の信者の姿を見据えながら、板垣たちが現れないことを願う。

小寺を仕留める絶好の機会なんだ。今だけは、邪魔しないでくれ……。

バケツを持ちながら歩く信者たちは、Cの⑨まで来ると一旦バケツをおろし、休憩し始めた。

泰之は民家の陰に隠れ、そっと顔を出す。二人は一切言葉を交わさず、無言のまま呼吸を繰り返す。多くの復讐者たちに狙われているにもかかわらず怯えた様子はなく、表情は静かである。妙に異様な雰囲気があった。

信者たちはほんの三分程度で休憩を終え、再び歩きだす。

泰之は息を殺して後を追った。

しかしそれからすぐのことだった。

突然、泰之の足が止まった。

信者たちとの距離は少しずつ広がっているが、泰之はまるで金縛りに遭っているかのように、動かない。

なぜだ、なぜここで……。

想定外だった。

電子地図が振動し、液晶画面には、二人の信者が向かう方とは別の方向に、小寺の位置が表示されているのである。


小寺は、泰之が今いるエリアの西側にいる。

泰之は二人の信者と電子地図を交互に見た。

奴らは神河聖徳の元へ向かっているはずである。てっきり、そこに小寺がいると思っていたが。

泰之は自分の予測が外れて一瞬動揺したが、神河聖徳の元にいないのであればむしろ余計な手間が省けた。

ようやく見つけたぞ、小寺。

泰之は殺気を漲らせ、マシンガンを握りしめた。

電子地図を確認しながら、西の方に進んでいく。

少しずつではあるが、確実に小寺に近づいている。

泰之は一つ、気づいたことがあった。

小寺はさっきから全く動いていない。悠長に休憩しているようである。

待ってろ小寺、これからお前の汚ねえ心臓にナイフを突き立ててやる！

泰之は歩調を速め、一気に距離を縮めていった。

小寺は、すぐそこだ！

しかし泰之は違和感を抱く。

今泰之がいる場所には一切建物がなく、荒れ果てた道に、草が生えているだけ、といった風景なのだ。

小寺は、どこだ。

泰之は小さく屈み、前に進んでいく。

「おかしい」

思わず叫んだ。

小寺の位置と、泰之の位置が、重なったのである。

それなのに小寺はいない。

泰之は突然背後に気配を感じて振り返った。

気のせいか、と思ったその時だった。

泰之はふと、足元に生えている草に視線を向けた。

草の中に、『赤い』何かが落ちている。

それが何なのか分からなかった泰之は、足で草を分けた。その瞬間、思わずあっと声を上げた。

草の中に落ちていたのは、小型送信機がついた『耳』だったのだ。


泰之は背筋が凍り付いた。

間違いなく、小寺の耳である。ここに小寺の位置が表示されているのが証拠だ。

耳は真っ赤に染まっており、耳たぶについた送信機はくっきりと指紋が残っている。

位置を知られぬために、小寺が自らやったことは明白だった。

どこかでナイフを手に入れた小寺は耳を切り離し、血に染まった手で耳たぶを持ちながらこの草の中に捨てていった……。

何が何でも生き延びるんだという小寺の執念だった。

泰之はぶるっと身体が震えた。一瞬、小寺の狂気に気圧《けお》されたのだ。

これでもう、電子地図に小寺の位置は表示されない。小寺の仕業によって、圧倒的有利な状況から一転、一気に不利な状況へと転落したのだ。

「小寺……！」

泰之は顔に怒気を表すが、内心では最大の危機に動揺していた。今後は、自力で小寺を見つけなければならないのだ。

泰之の小さな拳が、怒りと悔しさとで激しく震える。

泰之は右手に持つマシンガンを地面に叩きつけ、声が嗄《か》れるまで叫んだ。

泰之は肩で息をしながら、真っ赤に染まった耳に視線を落とした。そして低い声で、

「それがどうした」

心に芽生えた不安を振り払うように言った。

こうなってしまった以上、気持ちを切り替えるしかないのだ。

何が何でも小寺を見つけ出すと自分に強く言った。

泰之は奥歯をギリッと鳴らすと、思い切り小寺の耳を踏みつけた。小型送信機はグシャリと潰れ、耳はぐにゃりと土にめり込んだ。

✡

突然、電子地図が音を発した。

地図を見ると、『Aの①から⑮』が消えている。

泰之は腕時計を見た。

開始から二十時間が経過し、小寺が行動できる範囲が更に狭くなったのだ。

とはいえ、もはやどこに行っても小寺の位置は表示されない。

泰之は電子地図を見ながら、小寺がどこにいるのか思案する。

確実に言えることは、小寺は神河聖徳とは一緒にいない。昨晩の二人とも行動していない。単独行動しているはずだ。

耳と引き替えに安全を手に入れた小寺が、送信機を装着している神河聖徳たちと一緒に行動するはずがない。

神河聖徳と信者たちが全員耳を切り落としていたら話は別だが……。

もう一つ考えられるのは、小寺はどこかに隠れている。

送信機を外したのだ、もう逃げ回る必要がない。

小寺には食料がない。耳を失い、出血だって酷いはずだ。無駄に動き回ることはしない、いやできないだろう。

一番厄介なのは、蛇岩島には隠れられる場所が数えきれないほどあるということだ。

狭い島とはいえ、昔は島民が暮らしており、まだたくさんの建物が残っている。

「どこだ小寺」

地図を見つめながら言った、その時である。泰之は重要なことに気づいた。

禁止エリア、である。

この『戦場』の外には『監視役』の兵士がいるが、彼らはどのようにして、受刑者が禁止エリアに足を踏み入れたことを知るのだろうか？

戦場内には兵士はいないのだ。

受刑者の耳につけられた送信機から情報が送られるのではないか……？

もしそうだとしたら、耳ごと送信機を切り落とした小寺に禁止エリアはなくなる。そのことを小寺が知っていたら、最悪である。

泰之は、そんなはずはない、と自分の悪い予感を打ち消した。

もし兵士たちが受刑者の送信機から情報を得ているというのが正しいとしても、小寺もさすがにそこまでは知らないだろう。たとえそこまで考えついたとしても、危険な賭けには出ないはずだ。一歩でも禁止エリアに入ったら、監視によって強制的に被害者の元まで連れていかれ、無抵抗状態で復讐を受けることになるのだから……。

小寺は必ず、ＢからＮのどこかに隠れている！

✡

小寺の位置が表示されなくなった以上、泰之は虱潰《しらみつぶ》しに調べていくしかなく、建物が一切ないCの⑨から、北に進んだ。

Cの⑩に到着した泰之は、凡そ五十メートル先にある三軒の民家に注目した。

泰之はマシンガンを構えながら一軒一軒調べていく。

居間、台所、トイレ、屋根裏、庭に置いてある犬小屋等、隠れられそうな場所は全て探していく。

だが小寺はいない。途中、屋根に貼りついているのではないかと思い屋根も調べたが、小寺の姿はなかった。

泰之は民家を離れ、また北に進んでいく。

Cの⑩にはまだぽつぽつと民家が建っており、他にも、工場《こうじょう》として使われていたと思われる建物があったり、牛舎か豚舎か知らないが、それらしき小屋もあった。

泰之はさっきと同じように人間が隠れることができそうな場所は隈無《くまな》く調べていく。

しかし、小寺を見つけることはできなかった。

Cの⑩に建っている全ての建物を調べた泰之は、Cの⑪に移動し、そこでも同様に全ての建物内を調べていく。

結局Cの⑪にも小寺は隠れておらず、泰之はふと腕時計を見た。

午後三時二十五分。

Cの⑩と⑪だけでもう一時間近くが経過していた。

予想以上に時間がかかっているが、焦ってはならない。

泰之は大きく息を吐くと、再び歩きだした。

それから泰之は、Cの⑫、⑬、⑭、⑮と調べていく。

しかし小寺の姿はなく、時間ばかりが過ぎていった。

Cの⑮を調べ終えた時、さっきまで空に浮かんでいたはずの夕陽が、姿を消していた。

✡

泰之はリュックサックを地面におろすと民家の壁に凭《もた》れ掛かり、ずるずると崩れ落ちた。

苦しそうに息を繰り返す。首を垂れると顔の汗が滴り落ちた。

いつしか時刻は七時半を回っており、五時間以上ぶっ通しで小寺を探していたことになる。泰之は疲労困憊していた。

だが休んでいる時間はない。まだCの⑨から⑮しか調べていないのだ。

泰之は立ち上がると、肩で息をしながら電子地図を見た。

まだCの①から⑧を調べていないが、次はDの⑮に移動し、そこから南へ進み、Dの⑧

までいたら、Cと交互に調べていこうと思う。

最初はBに移動しようと思った。だが泰之は思い切ってBを捨てることにした。

十時間毎に小寺が移動できる範囲は狭くなっており、最初はOエリア、次はAエリアが追加された。この流れでいくと、恐らく五時間後にはNエリアが、その十時間後にはBエリアが禁止エリアになるはずだ。

小寺もそれに気づいているはずだから、わざわざBエリアに隠れることはしないのではないか、と泰之は思ったのである。

泰之はリュックサックを背負うと、懐中電灯をつけ、重い足取りでDの⑮へと向かう。

それからすぐのことだった。

前方から突然悲鳴が聞こえてきた。

泰之は咄嗟に懐中電灯を消し、その場にしゃがみ込む。

「きええ、きええ、助けて！」

甲高い悲鳴であるが、間違いなく男だった。

もしや、小寺ではないか？

そう思ったのは、昨夜小寺が発した悲鳴と今の悲鳴が似ているように感じたからである。

泰之は血相を変えて走った。小寺であれば、殺させてはならぬ！

前方に、うっすらとした光が見えてきた。

その光は懐中電灯の光であり、ある人物が、悲鳴を上げている男の上に乗り、顔を照らしているのだ。

男は、小寺ではなかった。

男の上に乗っている人物は、暗くてよく分からない。

泰之は、すでに相手に気づかれているかもしれないが、足音を立てぬようそっと近づいていく。

正体を知った泰之は、

「泉……」

あまりに似すぎているため、またしてもそう呼んでしまったのだ。

男を懐中電灯で照らしているのは、星野範子だった。

更に近づいて分かったのだが、星野範子は相手が角田敦郎でないにもかかわらず、男の頭に銃を押しつけているのだ。

しかし脅すような表情ではない。静かな目で男を見つめている。

男は足をばたつかせ、

「命だけは、命だけは！」

と必死に命乞いする。

「どうか、命」

星野は男に最後まで言わせず、銃の引き金を引いた！

乾いた銃声が、蛇岩島に響いた。

男の頭から血が噴き出ているのが、懐中電灯の光で分かった。

泰之は星野に再会した瞬間、また泉に会えたようで少し安心した気持ちになったのである。

しかし彼女が引き金を引いたのはその矢先だった……。

脳天をぶち抜かれた男は苦しそうに息を吐き出したが、段々と息遣いは弱くなり、やがて、ダラリと首が垂れた。

泰之は茫然と立ち尽くす。人が人を殺める瞬間を見て衝撃が走ったのはもとより、男を撃ち殺したのが泉ではないことは分かっているが、泉と錯覚してしまい、強いショックを受けたのだ。しかもよく見ると、もう一つの死体が横に転がっている。

星野は立ち上がると、人の気配を感じたらしく泰之を振り返った。

星野が、歩み寄ってくる。

泰之は星野に懐中電灯を照らされ、我に返った。

「高橋さんでしたか」

人を殺した直後とは思えないほど冷静な声であった。

星野は意外そうな表情を浮かべ、

「どうされましたか？　顔色、悪いですよ」

何事もなかったかのように聞いたのだ。

泰之は恐る恐る、

「なぜ、あの男を」

と聞いた。

星野は死んだ男を振り返り、

「あれは、世界プラーナ教団の信者ですよ」

と言った。

「突然二人が襲いかかってきたんです。私の食料と武器を狙ったんだわ。高橋さんも、気をつけた方がいいですよ」

星野は今度は泰之の顔を見て言った。

「殺さなければ、逆に殺されてしまいますから」

星野の言うとおりであるが、泰之は言葉を失ってしまった。

「高橋さん、その様子だとあなたもまだのようですね」

動揺する泰之は一瞬意味が分からなかったが、理解すると深刻な表情になった。

「実は、最悪なことが起こりました」

「最悪なこと、とは？」

「小寺が、小型送信機を取り外しました」

「どういうことですか？」

「自ら耳を切り落としたんです」

星野は心底驚いた様子を見せた。

「狂っているわ」

「それでも必ず見つけ出し、妻の仇を取ります！」

星野は力強く頷いた。

「ところで」

泰之は声の調子を変えて聞いた。

「あなたは、まだ一度も」

角田を発見することができていないのですか、と尋ねようとしたのだが、

「待って！」

星野は突然遮り、電子地図を見た。

よく見ると、星野の電子地図が振動しているのだ。

「角田が、いる！」

そう叫ぶと走りだした。

目を剝《む》いて死んでいる二人の男の横を通り過ぎたが、星野は一瞥もくれなかった。

泰之は星野を追った。病的なほどに痩せ細った身体だが、意外に足が速く、全力で走っても追いつくことができない。

Dの⑮に到着したと同時に星野は速度を緩め、歩きだした。

どうやら角田はすぐそこにいるらしいが、星野は忍び寄るのではなく、堂々と近づいていく。

すると、角田の姿が見えてきた。後ろ姿だが体形ですぐに分かった。

角田は懐中電灯の光に気づき、振り返る。

角田にはまだ、星野の姿がシルエットのようにしか映っていないだろう。

そうであるにしても、角田は逃げるどころか全く警戒していない。

泰之は心臓が震えた。今から、星野が角田に長年の恨みを晴らすのである。

星野は二十メートルほど手前で、あえて自分の顔を懐中電灯で照らした。角田には、自分の命を狙う星野範子の顔が暗闇に浮かんで見えたであろう。角田は顔面蒼白となり逃げだす。

はずであった。

星野の姿を確認した角田は、なぜか安堵した表情を見せ、

「リリカ」

と呼び、逆に星野に近づいてきたのである。

泰之は混乱した。

角田は目の前にいるのが星野範子ではないと思っているのか。

いや、そんなはずはない。この状況で見間違えるはずがない。

二人の距離が残り五メートルくらいになった時、角田が軽く手を上げた。

すると星野は右手に持つ銃を角田に向け、有無を言わさず発砲した。

弾は角田の左腕をかすめ、角田はぎゃああと叫んだ。

撃たれて初めて角田は怯えだし、左腕から血を流しながら、

「待って、待って、リリカ、どういうこと！」

オカマのような口調で言った。

星野は表情一つ変えず、

「どういうことって、復讐よ」

そう言って、もう一度角田に銃口を向けた。

しかしその時である。

暗闇から突然三人の男たちが現れ、襲いかかってきたのである。

男たちの狙いは、泰之と星野だった。一人が泰之のマシンガンを、もう二人が星野の銃

とリュックサックを奪いにかかる。

角田に気を取られていた泰之と星野は、暗闇から人影が忍び寄っていたことに全く気づかなかったのだ。

その隙に角田は悲鳴を上げて逃走した。

泰之のマシンガンを奪おうとする男は目を剝きながら、よこせ、よこせ、よこせ、と叫ぶ。

泰之は男の鼻を思い切り殴った。

男は吹っ飛び、鼻を押さえながら立ち上がる。泰之は頭に銃口を向けるが、最後のところで引き金を引けず、もう一度男の顔面を殴った。

男が倒れている間に、泰之は星野を襲う二人の男を殴り倒し、星野の手を取ると、

「逃げよう」

と言って走った。

三人は追いかけてきている。

星野が銃を撃っても、三人は怯《ひる》むことはなかった。

「あれも世界プラーナ教団の信者のはずだわ」

泰之は興奮していてほとんど顔を見ていないが、そんな気がする。

星野は逃げながら、

「高橋さん」

泰之は、星野の顔を見た。

「助けてくれて、どうもありがとう」

そう言った瞬間、星野は泰之の手を振り払い、急に進路を変えた。

「あ、待って！」

全力で走っていた泰之はすぐに切り返すことができなかった。

あっという間に星野との距離が広がる。男たちは全員、星野を追っていった。

泰之は星野を助けに行こうとしたが、もう間に合わなかった。

✡

やがて、星野たちの足音は暗闇の中に消えていった。

泰之は、星野が逃げていった方を見つめながら、一人で大丈夫だろうか、と心配した。

世界プラーナ教団の信者たちとは断定できないが、いずれにせよ狂った奴らであった。

無事であればいいが……。

泰之はふと、星野が手を振り払った映像が脳裏に蘇る。

彼女が突然逃げる方向を変えたことよりも、力強く手を振り払われたことのほうが、泰之には引っかかるのだった。

泰之にはもう一つ、気になることがある。

星野と角田のやり取りである。

星野を見た瞬間の、角田の安心しきった顔。

奴は撃たれる直前、やっと会えたな、というように手まで上げていた。

しかし撃たれると急に恐怖に怯えだした……。

泰之は二人の謎をあれこれ考えたが、すぐに首を振った。

今はそんなこと気にしている場合ではないのだ。

残り、七十四時間二十八分。

泰之は懐中電灯のスイッチを入れると、辺りを警戒しながらDの⑮に戻った。

Dの⑮に到着した泰之は、最初に目に留まった民家の中に入った。

部屋中ゴミが散乱しており、光を当てると、埃が充満しているのが分かる。

泰之は険しい目つきで小寺を探す。突然動作と呼吸を止め、小寺の息遣いが聞こえないか耳を澄ますが、気配は感じない。

中を全て調べた泰之は庭に出て、縁側の下まで光を当てた。しかし、小寺の姿はなかった。

ゴミ屋敷のような民家を出た泰之は、すでに滝のような汗を流していた。

夜とはいえ気温と湿度が高く、少し動いただけでも体力と水分を奪われる。泰之は喉を鳴らしながら水を飲むと、再び歩きだした。

泰之はその後、小寺出てこい、小寺出てこいと、まるで何かに取り憑かれたかのように念じながら建物内を調べていく。

泰之は、憔悴しきった小寺が縮こまって隠れている姿を常に思い浮かべているが、実際にその姿を見ることはできず、気づけば時刻は午前零時を回ろうとしていた。

泰之は、Dの⑧まで来ると、また民家の中に入り、身体をふらつかせながら小寺を探す。呼吸は弱々しく、目に映る物がぐらぐらと揺れている。

その直後である。大きく息を吸い込んだ瞬間意識が飛び、気づけば床に倒れていた。

無理もなかった。前日から殆ど眠っておらず、今日も一日中休むことなく小寺を探しているのだから。

Dの⑮から約四時間半が経ったが、まだDの⑧である。

何が何でも生き延びてやるんだという小寺の執念が泰之を苦しめる。

泰之は焦りを感じて立ち上がろうとするが、もはや体力の限界だった。

ぼんやりと宙を見つめる泰之の耳に、ピッピッピという機械音が聞こえてきた。

電子地図を見ると、泰之が予測したとおり、『Nの①から⑮』が消えていた。

「もう、残り、七十時間」

危機感を抱くが、途中で意識を失った。

✡

泰之はだらだら汗を流して、急に目覚めた。

夢か現《うつつ》か、今、男の悲鳴が聞こえたのである。

泰之の額から汗が流れた。

すぐ近くで、男の呻き声がするのだ。

そっと立ち上がった矢先だった。

今度は銃声が響いたのである。同時に男の叫び声。

一拍置き、もう一発弾が放たれた。

「ぎょあああああああ！」

泰之は男の奇声にギクリとする。

「痛いか、苦しいか、ええっ！　そうだもっと苦しめ！　すぐには殺してやらないからな。お前が春花《はるか》にしたように、たっぷり苦しめて殺してやるぞ！」

男を撃ったと思われる人物の声。まだ、若そうな印象である。

泰之は物音を立てぬようそっと歩き、扉を開けた。

まず最初に目に飛び込んできたのは、道端で踠き苦しむ中年の男だった。

懐中電灯を照らされており、泰之にはスポットライトのように見えた。

復讐相手に光を浴びせるのは、まだ二十歳前後と思われる青年だった。

二人は二十メートルほど先におり、青年はいよいよ決着を付けようとしている。

踠き苦しむ男は、この期《ご》に及んで命乞いをしだした。

「お、おい、撃つな、悪かった、俺が悪かったよ、だから頼む、許してくれ！」

青年の顔はよく見えないが、怒りに震えているのが分かった。

青年はもう一発男に銃を放つ。

どうやら腹部に命中したらしく、男は腹を押さえて転げ回る。

「謝って許されると思ってるのかこのクズ野郎。春花はな、何の罪もないのにお前に殺されたんだぞ！」

青年の声は、男の呻き声で掻き消された。

男はしばらく暴れていたが、段々と動きが鈍くなっていく。死にかけの虫のようであった。

青年は、頃合いだというように懐からサバイバルナイフを取り出した。

そして空に向かってこう言った。

「いよいよこの時が来たぞ春花、見てろ、お前の仇だ！」

復讐の時。泰之は緊張が高まる。

青年は、男の喉にサバイバルナイフを突き立てた。

まるで噴水のように鮮血が噴き出す。

青年は返り血を浴びながら、何度も喉を刺した。

青年の顔は見えないが、泣いているのが分かった。

青年は次に、男の頭にナイフを刺す。一度では足りないというように、また何度も刺した。

いつしか懐中電灯は地面に転がっていたのだが、ちょうど男に光が当たっており、脳味噌が出てきているのが分かった。

泰之は男の脳味噌を見た瞬間胃液が込み上げ、吐いた。

これくらいで気分を悪くしているようでは、この先小寺に復讐などできないぞと自分に言い聞かせ、泰之は口に手を当てながらしっかりと青年を見た。

恨みを晴らした青年は、まるで子供のように泣きじゃくる。心の中で、殺された『春花』という女性に報告しているに違いなかった。

その時だった。

突然二人の男が現れ、青年に襲いかかったのである。

一人がまずリュックサックを奪うと、もう一人がサバイバルナイフと銃を奪った。

泰之は、自分と星野が襲われた時の光景がフラッシュバックする。

世界プラーナ教団の信者か！

復讐を終えた青年は男たちに抵抗しなかったが、銃を奪った男が青年に向け発砲した。

幸い青年には当たらず、青年は悲鳴を上げながら逃げていった。

男たちは青年を追わず死体に背を向けた。

✡

開始から三十七時間。

いよいよ、『世界プラーナ教団事件』の被害者たちが神河聖徳に『復讐』する時が来た。

板垣を筆頭に五十人の復讐者たちは現在Eの①地点におり、全員草むらの中に身を潜めている。密集して隠れているため蒸し風呂のような暑さだが、皆息を殺し、微動だにしない。

百メートルほど先に小さな診療所があるのだが、そこに神河聖徳たちがいるのだ。神河聖徳を含め二十七人。残りの五名がどこにいるのかは不明だ。

信者たちが壁になっているので神河聖徳の姿は見えないが、『全員』の電子地図が反応しているのが証拠である。

神河聖徳たちを発見したのは一時間半前、午前六時頃だった。板垣たちはそれから一時間半、ずっと草むらの中で身を潜めている。

板垣たちは、夜が明けるのを待っていたのだ。

神河聖徳が一人ならすぐに動いていたが、信者たちは神河聖徳の命を必死に守るであろう。

その間に神河聖徳は逃げ、電子地図に位置が表示されなくなる。それでも明るければ見つけられる可能性が高いが、暗闇だと見失う恐れがある。

板垣は明るくなった空を見上げると、全員に向かって力強く頷いた。

日野たちは殺気に満ちた表情で武器を握りしめる。これまでに二度信者を発見し、いずれも失敗しているが、彼らはその時の何十倍も興奮し、緊張している。

当然である。『世界プラーナ教団事件』の首謀者、神河聖徳を倒す時がやってきたのだから。

まず神河聖徳たちを四方から囲み、そして一斉に攻撃を仕掛ける作戦である。

できることなら全員生け捕りにしたい、それが無理なら神河聖徳だけでも、と板垣たちは思っていた。

板垣が目で合図すると五十人は迅速に四つのグループに分かれ、各グループ、神河聖徳たちに気づかれぬよう動き出す。

攻撃を仕掛けるのは十分後。昨晩と同じく板垣の銃声が合図だ。

板垣を含む十一人は、このまま前から突っ込む。その中には日野翔太の姿もあった。

日野はそっと目を閉じ、左手を胸にあてた。殺された妹の姿を思い浮かべているようである。

板垣は心の中で、神河聖徳に殺された弟と、その家族に言葉を送る。

次に脳裏に浮かんだのは、グループから離れていった、前田たち七人の姿である。

板垣は皆の士気に影響するのではないかと心配して、前田たちのことは言葉に出さなかったが、内心では前田たちが戻ってくるのを待っていたのだ。

しかしとうとう彼らは戻ってこなかった。とはいえ、神河聖徳たちを生け捕りにしたら前田たちを探しに行き、全員で『復讐』するつもりである。

板垣は腕時計を見た。

ついに、神河聖徳に『復讐』する瞬間がやってきた！

板垣は後ろにいる十人に頷くと、ゆっくりと前に進んでいき、草むらを出たと同時に空に向かって発砲した。

「神河！」

板垣たちは四方から神河聖徳たちに突進する。

決して忘れてならないことは、神河聖徳たちには武器がないとはいえ、信者たちが死に物狂いで戦ってくる、ということである。

死を覚悟した人間は、捨て身で相手の命を奪いに来るものだ。

板垣たちは、大勢の信者たちに囲まれている神河聖徳の姿をはっきりととらえた。

「神河！」

板垣たちは走りながら武器を構える。

と同時に、神河聖徳を囲む信者たちも銃やマシンガンを構えたのだ。

信者たちが、まさか武器を隠し持っているとは想像もしなかった板垣たちは混乱した。

しまった！　と思った時には、二人が地面に倒れていた。

板垣の足元で、被弾した者が転げ回っている。

神河聖徳たちは、板垣たちが怯んでいる隙に走りだす。

後方から突撃するはずのグループが神河聖徳たちと向き合う形となったが、混乱する復讐者たちは攻撃するどころか、蜘蛛《くも》の子を散らすように逃げた。

その後ろ姿を信者たちから狙われ、バタリ、バタリと倒れていく。

「お、追え、追うんだ、絶対に逃がしてはならない！」

板垣たちは走りだし、銃を乱射する。

二人の信者に命中するが、肝心の神河をとらえることができない！

信者たちは振り返ると、再び引き金を引いた。

世界プラーナ教団は、銃やその他の武器を教団施設内で密造しており、信者たちは軍事訓練も受けている。

武器を手にしたら、戦いに慣れていない板垣たちがかなうはずがなかった。

板垣の後ろを走る仲間が足を撃たれ倒れる。

その矢先、また一人が被弾した。

銃では勝てないと知った板垣は手榴弾を手に取る。後ろにいる日野たちも同様に手榴弾を手に取り、神河聖徳たち目掛けて投げた。

いくつもの手榴弾が爆発し、数人の信者が吹っ飛ぶのが見えた。

それでも神河聖徳を仕留めることはできなかったか！

板垣が、黒煙の方に目を凝らした、その時であった。

足元に、手榴弾が転がってきたのだ。

板垣は背筋が凍った。

「逃げろ！　爆発する！」

走りだしてからほんの三、四秒で手榴弾は爆発し、板垣は爆風で吹っ飛ばされ、地面に頭を打った瞬間に気を失った。


板垣は身体の痛みで意識を取り戻した。

すぐに辺りを見渡すが、神河聖徳たちの姿はなく、目に映るのは、地面に倒れている大勢の仲間たちと、手榴弾を喰らった三人の信者である。

電子地図にはもう、神河聖徳たちの位置は表示されていなかった。

「板垣さん大丈夫ですか！」

日野翔太が腕を押さえながらやってきた。こめかみのあたりからは血が流れている。

「私は何とか大丈夫だ。日野くんは」

日野は腕を見ながら、

「僕も大丈夫です。骨は折れてないようです」

「そうか、よかった」

板垣は痛みをこらえながら立ち上がると、倒れている仲間たちに声をかけていく。

手榴弾で吹っ飛ばされた者は全員軽傷程度であるが、まだ安心はできなかった。

板垣は日野と一緒に被弾した者たちの元へと向かう。

前方に、血を流して倒れている仲間たちの姿が見えてきた。そこから少し離れたところにも二人の仲間が倒れている。

板垣と日野は被弾した仲間たちの容態を確認していく。

信者に撃たれたのは全部で七人だった。そのうちの三人は弾が擦った程度なので応急処置で済みそうだが、四人は腕や足に撃たれた痕がくっきりと残っており、弾が貫通しきらず奥に入り込んでしまっている者もいる。

彼らは今すぐにでも病院に運ばなければならない状態だった。

板垣は口には出さないが、彼らを途中棄権させることを決意した。彼らは納得がいかないだろうが、下手すれば出血多量で命を落とすことだってあるのだ。

ここからだと南門が近い。

板垣は、他の仲間たちが動けるまで回復したら、緊急を要する四人を南門まで運ぶことにした。

板垣がリュックサックの中から救急道具を取り出した時、足を撃たれた一人が泣きながらこう言った。

「どうして、家族を殺された俺たちがこんな目に……」

皆、神河聖徳たちが完全武装しているなど予測すらしていなかったとはいえ、板垣は、全て自分の責任だと思った。

自分が気づいていれば、こんなことにはならなかったのだ……。

板垣は今更ながら、前田たちや、その他の復讐者が武器を奪われたのだと理解した。

「すまない」

板垣が言ったその時だった。蜘蛛の子を散らすように逃げていた他の仲間たちが戻ってきた。

彼らは被弾した者たちを見ると悲痛な面持ちとなり、仲間の元に駆け寄ると容態を心配する。

しかしそれからすぐのことだった。

ある一人がこう叫んだのである。

「おい、ここに信者が倒れているぞ！」

板垣たちに撃たれた信者であり、腹部から血を流している。

その声を聞いた仲間たちは、負傷している仲間を置いて信者の元へと急いだ。

「こいつ、沼上《ぬまがみ》だ！」

沼上とは、『二子玉川デパートソマン事件』の実行犯である。

「おい、こっちには田山《たやま》がいるぞ！」

田山とは、『熊谷ソマン事件』の実行犯であった。

沼上に家族を殺された者たちは沼上を囲み、田山に家族を殺された者たちは田山を囲む。

沼上の方には、日野の姿もあった。

彼らは恐ろしい形相で信者を睨みつける。一人が銃を抜き取ると、全員が銃を手に取った。そして、家族の仇だ、と叫びながら、一斉に引き金を引いたのである。

板垣は、信者を殺す仲間と、倒れている仲間を交互に見ていた。

それを見て彼は、とても複雑な気持ちを抱かざるをえなかった。

板垣たちから少し離れたところでも同じことが行われていた。

手榴弾で軽傷を負った復讐者たちが、大けがを負って倒れている三人の信者を取り囲み、最初は素手で袋叩きにし、虫の息になったところで容赦なく銃で撃ち殺す。

復讐者たちは、弾の無駄だとすぐに発砲を止めたが、その頃には、信者の身体は蜂の巣のように穴だらけになっていた。

✡

午前七時十三分。

残り、六十三時間十七分。

泰之は現在、Dの①からEの①に向かっている。

Dの⑧で、とある青年が復讐を果たした直後に二人の男に襲われたのは、もう五時間以上も前のことである。

泰之も下手したら危ないところであったが、何とかやり過ごし、その後五時間かけて、Dの⑧からCの⑧、Cの⑦からDの⑦と、交互に調べていった。

幸いというべきか、DもCもさほど建物がなく、予定よりも早くEエリアに移ることができた。とはいえ、少しも休まず小寺を探し続けているので疲労を隠せない。

注意力も散漫になっており、泰之は非常に危険な状態である。獲物を狙う獣たちが大勢いる中を無警戒で歩いているのだから。

今だって、受刑者がどこで目を光らせているかもしれない。

それに先ほど、Ｅの①の方から無数の銃声と、凄まじい爆発音が聞こえてきたではないか。

この近くで、死闘が繰り広げられていたのだ。

泰之は、『世界プラーナ教団事件』の被害者と、世界プラーナ教団が争っていたのではないかと考えている。

それならば尚更警戒しなくてはならない。生きながらえた信者が、どこかに隠れているかもしれないのだから。

泰之が足を止めたのはそれから数分後のことだった。

前方から、板垣たちがやってきたのだ。

泰之はすぐに、板垣たちの様子がおかしいことに気づく。多くの人が足を引きずっており、中には血を流している者もいる。よく見ると、担がれている者もいた。まるで、戦争に敗れて落ちゆく部隊のようであった。

板垣と泰之の目が合った。

「高橋さん」

気力を失ってしまったような、そんな声であった。

「板垣さん、これは一体」

「それが……」

泰之は、板垣たちがあと一歩のところで返り討ちに遭ったことを知ると、日野たちに担がれている四人の復讐者を見た。

四人とも出血が酷く、意識が朦朧としているようである。

「彼らは途中棄権させる」

泰之だけに聞こえるように板垣は言った。もっとも、普通に話しても四人の耳には届かないだろうが。

泰之は仕方ないというように頷いた。

この状態では戦えない。それどころか『足手まとい』になる。

「高橋さん、あなたは」

板垣が何を言わんとしているのかすぐに理解した泰之は、首を振った。その後、小寺が自ら耳を切り落としたことを告げた。

すると、横で聞いていた日野翔太が俯《うつむ》きながらこう言ったのである。

「こんなはずじゃなかったのに。もしかしたら僕たち、復讐を果たせないんじゃないでしょうか」

板垣たちは重苦しい空気となるが、泰之はきっと日野を睨《にら》みつけ、ふざけるな、それ以上ふざけたことぬかしやがったらぶっ殺すぞ、と心の中で叫んだ。

板垣たちと別れた泰之は、Eの①から北に向かって歩き、民家や診療所等を調べていく。途中、蜂の巣のように穴だらけとなった遺体が転がっていたが、別段驚くことはなく、横切っていく。

三時間後、電子地図が音を発し、液晶画面から『Bの①から⑮』が消えた。

その頃泰之はEの⑨にある民家の中でおにぎりと缶詰を貪り食っていた。鋭い目つきで一点を見据え、飢えに苦しんでいるであろう小寺を思い浮かべると、こう言った。

「俺に殺されるまで、死ぬなよ小寺」


泰之は休憩もそこそこに、小寺の隠れ場所を虱潰しに探していくが、期待とは裏腹に小寺を発見することはできず、気づけば更に十時間が過ぎていた。

時刻は午後八時三十一分。電子地図の液晶画面から、『Mの①から⑮』が消えている。

これで小寺が行動できる範囲は、CエリアからLエリアまでとなった。

泰之はつい先ほどGエリアを全て調べ終え、現在Hの⑮に向かっている。

もう何十時間も小寺を探し続けている泰之は極度の疲労状態にあるが故、動きはかなり鈍いが、気が気でないといった顔つきと動作である。

泰之は酷く焦っていた。

とうとう制限時間の半分の五十時間を過ぎてしまったことも原因の一つであるが、それ以上に、三十分ほど前に起こった出来事が泰之の精神状態を乱れさせたのだ。

それは突然のできごとだった。歩いていると暗闇から声が聞こえてきたのだ。

『母さん、本当にすまない、俺、母さんの恨みを晴らすことができなかったよ』

今にも泣きそうな声であり、泰之は、母親にそう告げる男性が『復讐』に失敗したことを理解した。

泰之は懐中電灯を消し、声が聞こえる方に歩いていった。

その間男性は自分の罪を責め、そして母親にもう一度詫びた。

泰之が姿を確認した時、男性は銃をこめかみに当て泣いていた。

男性は涙を拭うと、

『母さん、これから僕もそっちへ行くよ。母さんは許さないだろうけど、僕の気持ち、分かってください』

そう言って、引き金を引いたのである。

その光景を見た瞬間、十数時間前に日野が言った言葉が脳裏をかすめ、もしかしたら自分も、自害した男性のような結末になるのではないかと思ってしまったのである。

それは自害を恐れているという意味ではなく、小寺に復讐できず、小寺を『無罪』にしてしまうのではないかと恐れたのだ。

十数時間前までの泰之は、小寺が『無罪』になることなど考えもしなかったが、極度の疲労状態の中、『復讐』に失敗して自害する男性の姿を見てしまったせいで、精神状態が乱れたのである。

泰之は今、新たに心に芽生えた焦りや恐怖心と戦っていた。

小寺が『無罪』になることはない！

残り五十時間で必ず小寺を見つけ、泉の無念を晴らすのだ。

しかしその想いとは裏腹に、Ｈエリア、Ｉエリアにも小寺の姿はなく、とうとう残り、四十時間を切ってしまった。


午前八時四十六分。

残り、三十七時間四十四分。

なぜだ、なぜ小寺はいない。一体、小寺はどこにいるというのだ……。

もう三十時間以上まともに眠っていない泰之は、Ｊの⑮に行く途中突然地面に倒れた。

照りつける太陽を見上げたところまでは憶えているが、倒れた瞬間は記憶にない。

泰之は、一秒でも瞼を閉じれば眠りに落ちる状態である。

寝てはならないと自分に強く言い聞かせ、泰之は立ち上がる。そして、フラフラになりながら近くの民家の中に入り、玄関に腰を下ろした。

茹《う》だるような暑さが泰之の体力を奪っていく。しかしこの暑さにもかかわらず、眠気が襲ってくる。それに加え、胃が空腹を訴えている。

まるで身体が機能障害を起こしているようだった。

泰之はまず、ペットボトルに残っている水を全て飲み干した。ここを出たら一旦Cの⑮に行き、川で水を調達しなければならない。これまでCの⑮以外のどこにも川はなかったのだ。

喉を潤した泰之は、リュックサックを一瞥するが、気持ちを誤魔化すために電子地図を眺める。

約二時間前、『Cの①から⑮』が禁止エリアとなった。泰之は、小寺が行動できるDエリアからLエリアをしばらく眺めるが、やはり食欲を抑えきれず、リュックサックの中から魚の缶詰を取りだした。しかし泰之はすぐには開けない。いや、開けられなかった。まだ三十八時間近く残っており、食料は節約しなければならないのだ。

そうと分かっているのだが、ついに泰之は我慢できず蓋《ふた》を開けてしまった。そして、開けてしまったらもう止まらなかった。魚をしゃぶるように食べる。

その時だった。

人間がこちらに向かって走ってくる、と思った矢先、銃声が響き、男の悲鳴が聞こえた。

それでも泰之は無視するように夢中になって魚を食べる。

もう一発銃声が響く。

男は泣き叫び、命乞いを始めた。

そこでようやく泰之は玄関扉を開けて外を見た。

少し離れたところに、四十くらいの男が足から血を流して倒れており、その男に、三十歳前後の女性が銃を向けている。

女性は綺麗な顔立ちだが、鬼のような形相だった。

女性は息を荒らげながら、

「やっとこの時が来たわ、坂本裕二《さかもとゆうじ》！　よくも私の娘を殺してくれたな！」

男は両足から血を流しながら後ずさる。

「どうして、どうして私の娘を殺したの！　答えなさい！」

男は女性の問いには答えず、ただ助けてください、助けてくださいと懇願するだけだった。

女性はナイフを取り出すと、仰向けに倒れている男に乗っかり、

「明菜《あきな》を返せ！」

そう叫びながら男の右目にナイフを突き刺したのである。

男は狂ったように暴れるが、女性は容赦しなかった。右目を刺した後、目玉をくりぬい

たのだ。

ドロリ、と右目が地面に落ちる。

「すぐには殺さない。明菜の苦しみは、こんなもんじゃない！　最後の最後まで、地獄を味わわせてやる！」

女性は最後金切り声のようになっていた。

再びナイフを握りしめると、男の左目を突き刺し、同じように目玉をくりぬいた。

泰之はその惨《むご》たらしい光景を、魚を食べながら眺めていた。

気分が悪くなるどころか、俺も早く小寺をあいうふうに殺してやりたいと身体がゾクゾクしていた。

魚を食べながら女性の『復讐』を眺める泰之はハッと缶詰を見た。

油の浮いた缶詰の底に、自分の憔悴した顔が歪んで映っている。

もう、魚がないのだ。

泰之は後悔の念に駆られると同時に、深刻な事態に陥ったことを知る。

実はこの魚の缶詰が、最後の食料だったのだ。

この先三十八時間は、食料のない状態で小寺を探さなければならない。

泰之は缶詰の底を舐《な》めながら、色々な意味でいよいよ崖っぷちに立たされた、と思った。

それから八時間あまりが過ぎ、時刻は午後五時三十分。一時間前、電子地図の液晶画面から『Lの①から⑮』が消えた。泰之と小寺よりも一時間早くスタートしている神河聖徳たちは残り二十八時間である。

神河聖徳たちは現在Kの⑥地点におり、『島民会館』と書かれた建物付近で休息をとっていた。

神河聖徳は相も変わらず地面で座禅を組み瞑想しているが、二十六人の信者たちは地面に這いつくばり草を貪り食っている。

顔は窶《やつ》れ、呼吸は弱々しく、動作も鈍い。そのくせ目は鋭く剝き出ている。

この三日間まともな物を食っていないのだから当然である。じっとしているだけならまだしも、彼らはこの猛暑の中、歩き続けているのだ。

人間の限界を遥かに超えているが、それでも信者たちが生きていられるのは、こうして草を食っているのもそうだが、神河聖徳のもとで『断食修行』を重ねていたからである。

信者たちが草を食べている間、神河聖徳は変わらずただ静かに呼吸を繰り返しているだけであった。

神河聖徳が平静にしていられるのは、信者たちが強奪してきた食料を一人で食していたからである。

しかしその食料も、とっくに底をついている。水も全く残っていない……。

神河聖徳は顔色一つ変えないが、実は内心危機感を抱いていた。

神河が恐れているのは、自身の餓えではなく信者の餓えである。これまで幾度も『断食修行』を重ねてきたとはいえ、この状態で残り二十八時間は、到底保《も》たないだろう。

せめて水があれば、と思うが、川が流れているCの⑮はすでに禁止エリアとなっている。

仮に二十八時間生き延びられたとしても、行動できる範囲が段々狭くなっているのだ。

復讐者たちに発見されるのは時間の問題である。

今はまだ辛うじて戦えるが、時間が経つにつれ戦う気力すらなくなるだろう。その状態で襲われれば、全滅する。

神河聖徳は、この危機を脱する方法を思案していた。

信者たちに活力を与えるには、やはりこの方法しかないようである。

神河聖徳は目を閉じたまま、

「野村《のむら》信徒、高木《たかぎ》信徒」

低い声で呼んだ。

それは、初日に小寺諒と共に行動していた二人であった。

野村と高木はすぐさま立ち上がり、お互い顔を見合わせると、慌てて土を拭った。

「神河様、ご機嫌うるわしゅう」

野村が尋ねた。長い髪を一本に束ねている方である。

神河聖徳は目を閉じたまま、

「もう長く、小寺信徒の姿が見えないが、小寺信徒はどうした」

野村と高木は気まずそうに顔を見合わせた。

「死んだのか」

「いえ」

咄嗟に高木は否定したが、直後ハッとなった。高木を一瞥した野村は、喉をゴクリと鳴らした。

神河聖徳は二人の表情を見ていないが、

「小寺信徒がどこにいるのか知っているのだな」

空気で察したのである。

二人は神河聖徳には隠せず、

「はい」

と頷いた。

「では今すぐ小寺信徒をここに連れてくるのだ」

野村と高木は不思議そうな表情を浮かべるが、無論聞き返すことなどできず、返事をすると神河聖徳に一礼してその場を去った。

これより『儀式』を行おうとしている神河聖徳であるが、依然平然とした態度である。

神河が小寺諒を選んだのは、信者の中で一番若いからであった。

若い生き血と肉を与えれば、必ずや信者たちは活力を取り戻すに違いない。

それに……。

ずっと閉じていた神河の瞼が、突然開いた。

ここにいる信者たちの中で、小寺諒が一番綺麗な顔立ちをしているからだ。

醜い者は不味《まず》い、と神河は思い込んでいる。

喰うのなら、綺麗な顔を持つ男だ。

✡

一方その頃、泰之はKの⑮地点にある、小さな神社の前にいた。

この三日間全くと言っていいほど眠っておらず、更には食料が尽き、長い時間水だけで空腹を凌《しの》いでいる泰之は憔悴しきっていた。

開始から七十一時間が経ち、残り僅か二十九時間。

小寺が自ら耳を切って以来、有利な状況から一転、危機に立たされた泰之だが、それでも、必ず小寺を見つけ出してやるんだという強い気持ちを持ち続け、小寺を探してきた。

しかし今は、どうかここにいてくれ、と祈るような気持ちである。

なぜなら、この神社が最後の希望だからである。

ほんの一時間前までは隣のLエリアが残っていたが、Lエリアも禁止エリアとなったので、小寺が行動できる範囲内で調べていない建物はこの神社だけとなったのである。

凡そ五十時間かけて、禁止エリア外にある建物を一軒一軒順番に調べて回り、それでも小寺を見つけられなかったが故、最後の建物を前にして泰之は悪い予感を抱いてしまったが、すぐにその想いを振り払い、鳥居をくぐる。そして、銃を構えながら本殿に入った。

泰之は疲れ果てていたが、緊張で身体中が震え、心臓は今にも張り裂けそうなくらいに暴れている。

小寺出てこい、出てきてくれ。

人間が隠れられそうな場所を見つけるたびに心臓がドクンと音を立てる。

泰之は小寺がいることを願い、一カ所一カ所調べていく。

しかし、小寺はいない。思わず溜め息が洩れる。

泰之はその後、三十分近くかけて念入りに本殿と境内《けいだい》を調べて回った。

だが、どこにも小寺はいなかった。

本殿から出た泰之は絶望感を抱き、その瞬間、力尽きたように膝から頽《くずお》れた。

なぜだ、なぜいない……。

禁止エリア外の建物は全て調べた。見落としている箇所は一つもない。

無論、建物だけではない。木の陰や草むら等、移動しながら、小寺が隠れていそうな場所は全て調べたのだ。

それなのにどうして。

まず一つに、小寺が転々と隠れ場所を変えていたことが考えられる。

だが、送信機を取り外したのだから、動き回るよりも隠れた方が安全である、もっとも、食料がないし、更には負傷だってしているから、動き回るだけの体力がない、だからどこかに隠れている。泰之はそう信じていた。

泰之は、もしかしたらどこかで小寺に見られていたのかもしれない、と思った。

泰之の脳裏に、小寺が嘲笑《あざわら》っている姿が過ぎる。まるで、憎き仇に手のひらの上で転がされているようだった。

いずれにせよ、また一から探すしかない。

電子地図を手に取り、液晶画面を見た泰之は気が遠くなりそうだった。

もっとも、一から探す時間は、もうない……。

いや、待て。

もしや小寺は、禁止エリアのどこかにいるのではないか?

泰之は最初、そんな危険な賭けには出ないと思い、禁止エリアは視野に入れなかった。

仮に外にいる兵士が、受刑者の位置を送信機によって把握しているのだとしても、小寺はそれを知っているわけがないし、考えついたとしてもそれを裏付けるものがない。

あまりに危険すぎる賭けであるが……。

もし、禁止エリアのどこかに隠れているとしたら絶望的である。

泰之は立ち上がろうとするが、立ち上がれない。

泰之は一点を見つめ、

「どうしたらいい……泉」

無論、諦めてはいない。しかし、もう時間がないのだ。

泉は今、何と言っているだろう……。

気づけば神社を離れ、あてもなく歩いていた。

残り、二十八時間二十六分。

彷徨《さまよ》っている暇はない。一度調べた場所を、もう一度調べに行くのだ。

しかし、全て調べるのは物理的に無理である。

エリアを絞らなければならないが、あまりに重要な選択であるが故に、泰之は決められない。

ここは賭けに出て、あえて禁止エリアを探しに行こうか。

その時、泰之の足が止まった。

ぼんやりとした顔で夕陽の方を眺めているが、途方に暮れているわけではない。

前方から二人の男がやってきたのだ。泰之は気づかれる前にすばやく木の陰に隠れた。

男たちは憔悴しきっており、飢えたような顔で、水、食い物、水、食い物、と繰り返している。

泰之は男たちの顔を見た瞬間、世界プラーナ教団の信者ではないだろうか、と思った。

『世界プラーナ教団事件』関連のニュースで見たような気がするのである。

男たちは、泰之に気づかず通り過ぎていく。

その直後であった。泰之は思わず声を出しそうになった。

右側を歩く男の後ろ姿にピンときたのだ。

男は、長い髪を一本に束ねている。

初日の夜、小寺と共に行動していた男ではないか！

そうだ。夜だったから顔は全く分からなかったが、特徴ははっきりと憶えている。

二人とも背が高くて、一人は長い髪を一本に束ねていた。

初日の夜に小寺と共に行動していた男と重なった瞬間、泰之は懐からサバイバルナイフを取り出し、飛び出した。

この男が、俺にとっての最後の希望……。

男たちは振り返ったが、咄嗟に逃げるだけの体力が残ってはいなかった。泰之は髪の長い男にナイフを向け、相手が怯んだ隙に素早く背後に回り、首にナイフを当てた。

もう一人の髪の短い男は後ずさり、泰之と目が合った瞬間、怖気《おぞけ》だったような表情を見せた。

「た、たす、けて」

髪の長い男が仲間に助けを求めたが、泰之がもう一度睨みつけると、髪の短い男は震え上がり、逃げていった。

泰之は髪の長い男の首を右腕で絞め上げると、

「お前、初日の夜、小寺と一緒にいたな」

男は苦しそうな声を上げるだけで口を開かない。

腕の力を弱め、目の辺りにナイフを向けると、

「は、はい、そうです」

と怯えた声で言った。

「なぜ俺が未だ小寺を殺せていないか分かるか！　耳を、切り落としやがったからだよ！」

「は、はい」

男は、小寺が耳を切り落としたことも知っているようだった。

「小寺がどこにいるか、知ってるか」

男は首を横に振った。

「知ってるだろう、知ってるんだろう、ええ⁉」

最後は、そうであってほしいという願望であった。

「しり、しり、ません」

泰之は男の右肩にナイフを突き刺した。

男の悲鳴が周囲に響く。叫ぶたび、血がドボドボと流れた。

泰之はナイフの先端を喉仏に向け、

「もう一度聞く。お前が小寺の居所を知っていようがいまいが、次に首を振ったら殺すぞ、おら！」

耳元で叫んだ。

泰之がナイフの先端を強く押し当てると、

「わかりました、わかりました、そのかわり、命だけは助けてください」

涙声でそう言ったのである。

泰之は拳を力強く握りしめた。

「ただ、ただ、今もそこにいるかどうか……」

確かにその可能性がある。しかし、男が騙《だま》していることも考えられる。

泰之は興奮とは程遠い低い声で、

「お前が俺を騙していようがいまいが、そこに小寺がいなければ、お前を殺す」

男は電子地図を見ながら東の方に向かって歩いていく。泰之はその背後に立ち、後頭部に拳銃を押し当てている。

男の右肩からは未だに大量の血が出ているが、それよりも拳銃が気になるようで、痛みすら忘れているようであった。

泰之は、男が変な小細工をしていないことを信じ、そして、そこに小寺が隠れていることを願う。

しばらく歩くと、男の喉からゴクリ、と音が聞こえた。

男は口を開き、

「もう、すぐ、そこです」

ガタガタと震えながら言った。

泰之は男の電子地図を見ながら、

「Hの⑭」

と呟く。

すぐに小寺の目論見《もくろみ》を知った。

Hの⑮には北門がある。

受刑者側は、百時間逃げ切った時点で『無罪』になるわけではなく、北門、南門、いずれかの門をくぐらなければ『無罪』にはならないのだ。

つまり小寺は、すぐに門をくぐれるようにHの⑭を選んだのである。しかし簡単に見つかってしまうような場所では意味がない。

小寺は、Hの⑭に絶好の隠れ場所を見つけたのか……。

泰之は、絶対に気づかれないような隠れ場所がHの⑭にあるとは思えない。今いる場所は民家がポツポツと建っているだけだし、周りも同じような風景である。

無論、この辺りも全て調べている。男に、すぐそこだと言われても全く見当がつかない。

男はそれから少し歩くと、ある平屋の前で立ち止まった。

「ここ、です」

泰之は、そんなはずはないと思った。こんな小さな平屋に小寺が隠れているはずがない。

泰之は、騙されたと思って男に銃を向けた。

しかし、男が向かったのは平屋ではなく、建物の横にある『マンホール』だったのだ。

泰之の全身に稲妻のようなものが走った。

この中だったのか！

マンホールがあることすら知らなかったし、目に入ったとしても考えつかなかっただろう。

泰之は興奮を抑え、男の耳元で言った。

「開けろ」

男は言われたとおりマンホールの蓋を開ける。
泰之は男の目を見ながら、マンホールを顎《あご》で示した。
男は躊躇《ためら》う様子を見せるが、泰之が銃を向けると中に向かって呼びかけた。
「小寺さん、聞こえますか」
泰之は小寺が中にいることを祈るが、返事はない。
もう、この中にはいないのか。
最悪なのは、死んでいることである。
泰之はもう一度男に合図した。
男は泰之とマンホールを交互に見ると、目をぎゅっと瞑り、
「小寺さん、神河様が……神河様が、小寺さんを連れてこいと」
男は言った後、後悔の念を表情に浮かべ、ガクリと首を垂れた。
それから数秒後のことであった。
中から、鉄を踏む音が聞こえてきたのである。
カン……カン……カン……カン……カン……。
泰之は俄に血が騒いだ。
音が近づいてくるにつれ、泰之の鼓動が激しさを増す。
泰之は逸《はや》る気持ちを抑え、民家の陰に隠れた。

間もなく、小寺の横顔が見えてきた。

耳のない方である。

こめかみのあたりから肩の下くらいまでが真っ赤に染まっていた。

小寺は衰弱しきっており、上ってくるだけでもかなりの時間を要した。

泰之は小寺の弱りきった姿を見た瞬間、マンホールの中で過ごす小寺の姿が脳裏に浮かんだ。

暗闇の中で、餓えと激痛に耐えながらじっと百時間が経つのを待っていたのだ。

何十時間も飢えた状態で、更にはあの出血量である、死んでいたっておかしくはない。

それでも小寺が意識を保っていられたのは、死にたくないという恐怖心と、絶対に生き延びるんだという執念が勝っていたからにちがいない。

泰之は、ギリと奥歯が鳴った。

そんなに自分の命が大事か卑怯者、卑怯者、卑怯者卑怯者卑怯者！

泉は、何の罪もないのにお前に命を奪われたんだ！　どんな想いで死んでいったか！

「小寺！」

泰之は民家の陰から飛び出した。

四つん這《ば》いの格好で外の空気を吸っていた小寺はビクリとし、泰之の顔を見た瞬間真っ青になった。

小寺は立ち上がろうとするが、身体がよろけて横倒れとなる。もう逃げる体力など残っていないはずだが、それでもすぐに起き上がり、今度は這いつくばって逃げる。

泰之は小寺の前に立ちはだかると、鼻面目掛けて思い切り蹴り上げた。そして、仰向けに倒れた小寺の上に乗り、叫びながら、殴って、殴って、殴りまくった。

すぐ傍《そば》にいた髪の長い男はそろりそろりと後ずさる。自分の命と引き替えに小寺を売り渡したことに罪悪感を抱いていたはずだが、泰之から少し離れると、小寺を簡単に見捨てて逃げていった。

泰之は、小寺が意識を失う寸前で、握っていた拳を開いた。

鬼のような形相で小寺の首を絞め上げると、右手で拳銃を抜き取り、小寺の額に銃口を押しあてた。

「小寺！」

我を見失っている泰之は引き金に手をかけたが、寸前で思いとどまった。

「なぜだ、なぜ、泉を殺した！」

息を荒らげながら問うた。

銃口を向けられていることを知った小寺は、虫の息だったにもかかわらず急に踠きだした。

泰之は有無を言わさず引き金を引いた。

乾いた銃声が、空に響いた。

左腕を撃たれた小寺は、

「きええ！」

と悲鳴を上げ、足をばたつかせる。

「答えろ小寺！　なぜ泉を殺した！」

小寺は必死の形相で、

「助けてください、助けてください、どうか命……」

泰之はもう一度引き金を引いた。

今度は左肩である。泰之の顔に、ピシャリと小寺の血が飛び散った。

「俺の質問に答えろ。なぜ泉を殺したんだ！」

ぐったりとなった小寺は、

「待ってください、殺さないでください、僕は、僕は」

「何だ、言え！」

「僕は、僕は、殺せと、頼まれたんです……」

「誰に頼まれた！　神河聖徳か！」

小寺は首を横に振り、こう言ったのである。

「角田さんです」

「角田？」

　泰之は角田と聞いても分からなかった。

「角田、敦郎さんです」

　名前を聞いてようやく、星野範子を監禁していた男であることを知った。

「何だと？」

　角田敦郎の名前が出てくるなど思ってもみなかった泰之は愕然《がくぜん》とするが、小寺をキッと睨《にら》みつけ、喉仏《のどぼとけ》に銃を押し当てた。

「おい、適当なこと言ってんじゃねえぞ！」

「本当です、本当なんです、信じてください」

　泰之は小寺の心の中を覗くように、目を真っ直ぐに見た。

　小寺も泰之の目をじっと見ている。

　銃を突きつけている泰之の方が、動揺し始めた。

「おい、一体、どういうことだ」

「角田さんが逮捕される五日前、高橋泉を殺してほしいと頼まれたんです……」

「お前と角田はどういう関係だ」

「僕と角田さんは三年くらい前からアニメサークルの仲間なんです……」

　泰之は、監禁事件に関する報道を思い出す。

小寺の言うように、確かに角田は所謂《いわゆる》『アニメオタク』だったような気がする……。

「角田がなぜ、お前に泉を殺害するよう依頼したんだ！」

「それは、分かりません、本当です、理由は一切話しませんでしたし、僕も聞きませんでした」

「お前と角田はただのオタク仲間だったんだろう。それに、泉とも関係ないんだ。それなのになぜ引き受けた！　金か、それとも！」

「神河聖徳様が」

小寺はぼんやりと一点を見つめながら言った。

「神河聖徳様が逮捕された直後だったから、僕は何もかもがどうでもよくなり、それで、角田さんの依頼を……」

泰之は怒りよりも、やるせない想いの方が強かった。そんなことで、泉を殺したというのか……。

「今の話は、本当なのか」

力のない声で問うた。

小寺は小さな声で、はいと返事をしたのだった。

泰之は鉛のような重い溜め息をついた。

何てことだ。まさか角田敦郎が糸を引いていたとは。

泰之は沸々《ふつふつ》と怒りが込み上げる。

あの男が、泉を殺した……！

「しかしなぜだ、なぜ、角田が泉を……」

泰之はそう言いながら立ち上がる。

小寺は一瞬安堵の表情を浮かべたが、泰之が懐からサバイバルナイフを取り出すと、再び恐怖に震えだした。

泰之は有無を言わさず小寺の右太ももにナイフを突き刺した。

泰之はそこから、右足の切断に取りかかる。まるで太いハムを切るように、押して引いてを繰り返す。

周囲に、小寺の狂ったような悲鳴が響く。

「きえぇ！　きえぇ！　ぎえぇぇぇぇ！」

ナイフに骨が当たった時、泰之はこう言った。

「蛇岩島に来て分かったんだよ。殺すことだけが『復讐』ではない。死んだら楽になってしまうんだからな。本当の『復讐』とは！」

泰之はぐっと力を込めて骨を切断する。

「相手を殺さず、こうして自由を奪い、苦痛を味わわせることなんだ」

ドスン、と小寺の右足が落ちた。切断面からは夥《おびただ》しい血が流れる。

泰之は間を置かずに左足の切断に取りかかる。

小寺は激痛に泣き叫ぶが、段々その声も弱くなっていく。

「おいしっかりしろ小寺、死ぬなよ」

泰之は声をかけながら左足を切断していく。

「泉はな、何の罪もないのにお前に殺されたんだ。これくらいの報《むく》いは当たり前だろう！」

泰之は体重を乗せて骨を切った。更に体重をかけると、一気に肉が裂けていき、やがて左足もドスンと地面に落ちた。

泰之は小寺の顔に視線を向けた。小寺はうっすらと目を開けた状態で、金魚みたいに口をパクパクしている。

「何だ」

小寺は空を見上げながら、

「どうか、左足だけは……」

と言ったのである。

泰之は思わず鼻で笑った。どうやら感覚が麻痺《まひ》しているらしく、左足も切断されたことに気づいていないようだった。

泰之は二本の足を小寺に見せる。小寺はショックを受けているだろうが、すでに感情を表すだけの体力は残っていないようだった。

泰之は、仰向けに倒れている小寺の髪の毛を摑むと、ぐっと身体を持ち上げ、一旦地面に置いた。

手を広げれば、ヤジロベエだと泰之は思った。

泰之は平屋の玄関扉を開けると、もう一度小寺の髪の毛を摑み、力を振り絞って持ち上げた。そして、玄関の三和土《たたき》に小寺を置いたのである。

瞬く間に、三和土が真っ赤に染まっていく。

泰之は、両足を失った小寺を見下ろし、

「俺はこれから角田を殺しに行く。いいか、俺が戻ってくるまで死ぬなよ。それまでここで、苦しみながら生きるんだ」

そう言い残して外に出た泰之であるが、すぐに思いとどまり、玄関の扉を開けると再び小寺の前に立った。

小寺は意識が途切れる寸前だからか、すぐには泰之の存在には気づかなかったが、少しして泰之が戻ってきたことを知ると、

「ああ、ああ、ああ」

と声を洩らしながら、両腕だけで後ずさろうとする。

泰之は、憎しみに満ちた表情で小寺を見下ろす。

さっきまでは、角田を殺してここに戻ってくるまで、小寺には地獄を味わわせようと思

っていた。だが、そう簡単には戻ってこられそうにない。この様子だと、その間に小寺は息絶えるのではないか、と思ったのだ。

それならば、ここでトドメだ！

泰之は懐からサバイバルナイフを取り出すと、今にも意識が途切れそうな小寺に向かって言った。

「小寺、よく見てろ、最後はお前が泉にしたように！」

ようやくナイフを認識した小寺はハッと目を見開く。

「泉の、泉の！」

ナイフを振りかざした瞬間、泰之は涙で小寺の姿が滲んだ。

泰之は泉を心に浮かべると、叫びながら、小寺の心臓にナイフを突き刺した。

✡

玄関の扉が、内から外にゆっくりと開いた。

中から、サバイバルナイフを持った泰之が出てきた。ナイフの刃は赤く染まり、ぽたぽたと血が垂《た》れている。

泰之は心の中で、見てたか泉、たった今小寺の息の根を止めたぞ、と言葉を送る。

だが心の声には力がなく、泰之の表情は険しいままである。

復讐しなければならない相手が、もう一人いたからである。

まさか角田敦郎が、糸を引いていたとは。

泉を殺害したのは小寺であるが、角田敦郎が真の仇といっても過言ではない。

泰之は泉に問いかける。

君と角田との間に、一体何があったというのだ……。

ふと泰之は思う。自分と角田敦郎が同じ日に蛇岩島に来たのは、運命だったのだと。

泰之は顔に怒気を表し、

「殺す」

と低い声で言った。

星野範子がすでに復讐を果たしている可能性もあるが、今の泰之はそれは一切考えていない。

必ず角田は生きている。星野には悪いが、俺が角田を殺す。

泰之は腕時計を見た。

残り、約二十八時間。いや、星野たちの方が一時間遅く蛇岩島に来ているから、二十九時間だ。

角田は現在Ｄエリアから Ｋエリアのどこかにいる。

泰之は、角田がどこにいるのか見当すらつかないが、迷っている時間はなく、血に染まったナイフを持ちながら歩きだした。

泰之は途中でこう思った。

理想的なのは、先に星野に会うことだ、と。

星野となら角田を発見しやすくなるし、星野にも『復讐』させてやることができるからだ。

✡

時同じくして、板垣をはじめとする四十六人の復讐者たちはKの⑥地点にいた。

板垣たちは、かつて交番だったと思われる建物の裏に身を潜め、凡そ百メートル先にある島民会館を、監視するような目で見ていた。

そこに、神河聖徳たちがいるのである。

Eの①地点で神河聖徳たちを発見し、総攻撃を仕掛けたものの返り討ちに遭い、四人の重傷者を南門に運んだのは、もう三十数時間も前のことである。

思えば、あれから歯車が狂ったのだ。

神河聖徳たちの行動できる範囲は段々狭くなっているにもかかわらず、なぜか発見すらできなくなり、皆の疲労、焦り、不安、苛立ちは募るばかりで、板垣自身、時間切れという最悪の予感を抱き始めていた。

板垣は前方を見据えながら、ようやく見つけたぞ神河、と心の中で言った。

神河聖徳の姿は信者たちが邪魔でよく見えないが、信者たちの疲労と餓えは限界を超えているだろう。三十数時間前とは違い、皆ぐったりと座り込んでいる。

板垣たちも疲れきっているとはいえ、食料があった分、神河聖徳たちよりは余力が残っている。

神河聖徳たちを仕留める絶好の機会だった。

しかし、板垣たちはなかなか動けずにいた。

信者たちは弱りきっているが、それでも手元には武器があるのだ。また返り討ちに遭い、多くの犠牲者が出るのではないかという怯えがあった。

信者たちはああしてぐったりと座り込んでいるが、実は敵を油断させるための見せかけであり、どこかに罠《わな》を仕掛けているのかもしれない。

三十数時間前に四人の犠牲者を出している板垣たちの頭の中には、悪いイメージばかりが浮かんでいた。

板垣の脳裏を、重傷を負って途中棄権した四人の仲間たちの姿が過ぎった。

南門に到着した時三人はすでに気絶しており、一人は辛うじて意識が残っていた。まだ二十三歳の、中本《なかもと》という青年だった。彼は『二子玉川デパートソマン事件』で母親を亡くしたのだ。

板垣は四人に何も告げずに途中棄権させるのは心苦しかったが、門の向こう側にいる兵士たちに声をかけ、門を開けさせた。

すると中本が、いやだ、こんなのどうってことない、神河を殺すまでは帰れないと暴れだしたのである。

板垣は彼の気持ちを思うと胸が痛んだが、心を鬼にし、四人に背を向けた。

四人は兵士たちに担がれていったが、門が閉まっても、俺は戦える、戻してくれ、と中本は叫び続けていた……。

板垣は思う。

途中棄権した中本たちのためにも、必ず神河聖徳たち全員を仕留めなければならない。

無論、一人の犠牲者も出さずに、である。

真っ向から突っ込んでは、返り討ちに遭うだけだ。ならば、どうやって戦えばよいのか。

信者たちは憔悴しきっているが、神河聖徳を守るために死に物狂いで戦うであろう。

その間に神河聖徳を逃したら、復讐を果たせないかもしれない。

もう、二十七時間しか残っていないのである。

最後は二手に分かれて、北門と南門を……。

その時だった。

板垣に、ある作戦が思い浮かんだ。

これなら、たとえ百時間が経過しても、神河聖徳たちはなかなか『戦場』から出られないだろう。

勿論《もちろん》リスクはあるが、うまくいけば一人の犠牲者も出さず、一人残らず仕留めることができる。

板垣は、二十七時間後が何時になるか計算した。

午後九時三十分と知った板垣は、満足そうに頷いた。

板垣は皆を振り返ると、

「みなさん、私に考えがあります」

興奮混じりに言った。

板垣の言葉に日野たちは色めきたつ。

板垣は、熱のこもった口調で皆に作戦を告げた。

日野たちは顔を見合わせると、やってみる価値はある、と賛同した。

板垣たちは早速グループを分けをする。

板垣を含む二十人がAグループ、日野を含む二十人がBグループ、そして、残りの六人がCグループ、である。

Aグループとグループは早速動きだす。

Cグループの六人だけがその場から動かなかった。Cグループの役割は、神河聖徳たちの監視である。

✡

角田敦郎を探し始めてから早くも五時間が経過し、とうとう残り二十四時間を切った。

時刻は午後十時四十五分。泰之にとってはとても不利な時間帯である。懐中電灯で照らしているとはいえ、暗闇だとやはり見つけづらい。せめて、星野範子に会えればいいのだが……。

周囲に光を当てながら角田を探す泰之は、現在Hの②地点におり、Hの①地点の方向に進んでいる。

泰之は月明かりの道を歩きながら、泉と角田との間に一体何があったのかを考えている。

泰之は記憶を遡《さかのぼ》り、思い当たる節がないか思い出してみるが、やはり角田との関係を匂わせるような言動は、泉は一切していない。

泉は、決して人に恨まれるような人間ではなかった。いつも笑顔で、明るくて、心の温かい女性だった。

だから泰之は、『怨恨《えんこん》』が原因で殺されたなんて信じられない……。

気づけば泰之は、結婚記念日の夜を思い出していた。僕らはあんなに幸せだったのにどうして、と思う。

いつしか泰之はHの①地点におり、前方には南門が聳え立っている。

更に南門の方へ進むと、人の気配を感じた。

泰之は角田であることを期待するが、南門にいたのは、『世界プラーナ教団事件』の被害者たちだった。

不思議に思ったのは、彼らが二十人前後しかいないことだった。

暗くて顔はよく見えないが、日野翔太の姿だけは分かった。

泰之は、彼らが何をしているのかすぐには分からなかったが、様子を見ていて、ある作戦に取り組んでいることがわかり、残りの復讐者たちがどこにいるのかを知った。

それは大人数ならではの作戦であり、単純なようであるが発想は秀逸だと、泰之は思った。

ただ、板垣たちの作戦は、実行するまでにまだ時間がかかる。おそらくタイムリミットぎりぎりだ。

泰之は、それまでは待てないと思った。

その前に、星野範子に角田を殺されてしまうかもしれないからである。

それから凡そ二時間後のことであった。

Gの⑩地点にいた泰之は、突然足を止めた。

今ほんの微かではあるが、かなり遠くの方から男の声が聞こえたのだ。

何と言ったのかは不明だが、悲鳴に似たような声だった。

泰之は俄《にわか》に昂ぶる。もしや角田敦郎なのではないか、と思ったからである。

泰之は走りだす。心の中で、待て、待て、と叫びながら。

星野が角田にトドメを刺そうとしているのかもしれない。絶対に角田を殺させてはならぬ！

泰之は息せき切って走る。しかし、なかなか見つけることができない。角田はどこだ、どこにいる。

どれだけの距離を走ったろうか、ようやく、民家の傍に人間の姿を発見した。しかし、そこにいたのは星野と角田ではなかった。

そこには多くの人間がおり、顔は全く見えないが、神河聖徳たちであると、雰囲気で悟った。

泰之は慌てて立ち止まり、電柱の陰に隠れた。

苦しいが、できるだけ音が洩れぬよう呼吸する。

幸い、神河聖徳たちには気づかれていないようである。

泰之は、一刻も早く神河聖徳たちから離れようと思うが、自身の激しい鼓動が落ち着くと、今度は『クチャクチャ』という音が聞こえだした。何をしているのだろうと、そっと顔を出した。

どうやら、全員で何かを食べている。真っ暗だが、信者たちが貪るようにして喰っているのが分かる。

神河聖徳たちには最初から食料はなく、受刑者から奪ったとしても、全員があれだけ食べられるほどの食料はもうないはずである。

しかし、一体何を喰っているのだ。暗いせいで全く分からない。

とにかく、夢中になって『何か』を喰っている。

泰之自身も空腹で飢えているので、神河聖徳たちが何を食べているのか妙に気になるが、やはりそれが何なのか分からず、泰之は危険に陥る前にその場から離れたのであった。

安全な場所まで逃げてきた泰之は一旦立ち止まると、電子地図を手に取り、直感で、北の方へと進んでいく。

だが、角田はおろか人の気配すら感じることなく、気づけば二時間が経過していた。

ずっと歩き続けている泰之は、近くにある岩に腰を下ろし、重い息を吐いた。

泰之の腕時計には残り十九時間と表示されているが、星野と角田は泰之の一時間後にスタートしているので残り二十時間である。

一時間前、泰之の電子地図の液晶画面から『Dエリア』が消えた。

ちょうど今ごろ、星野も角田も電子地図を眺めているのではないか。

これで角田も、一時間後には、EエリアからKエリアまでしか行動できなくなる。

とはいえ残りは僅か二十時間。状況的にはかなり厳しい。

休んでいる暇はないと、泰之はすぐに立ち上がった。

その矢先だった。

泰之は咄嗟にしゃがみ、岩の陰に隠れた。

後方から、人がやってくる。懐中電灯をつけていないということは、受刑者であろうか。

泰之は、角田であることを強く祈る。

しかし、シルエットで違うと分かった。男には違いないが、角田とは対照的に痩身長軀である。

真っ暗なので顔は全く分からないが、その男が心身共に限界であることは分かった。

足取りがおぼつかず、もう今にも倒れそうなのである。

泰之は、男が通り過ぎるまで隠れていようと思った。

しかしその時だった。突然民家の陰から大柄な男が現れ、歩いている男に襲いかかったのである。

泰之はこの時初めて、歩いていた男が復讐者側であることを知った。

大柄な男にリュックサックを奪われたのである。

だが、リュックを奪った男は不満そうな声を上げた。どうやら、リュックの中身が空っぽだったようである。

大柄な男は、地面に倒れている男を蹴飛ばすと去っていった。

泰之は立ち上がると、倒れている男に歩み寄る。

懐中電灯の光をあてた瞬間、泰之はハッとなった。

板垣たちと決別し、単独行動をしていた前田達也だったからである。

「誰だ、あんた」

目を細めながら前田が言った。

泰之が懐中電灯を下げると、

「あんたか」

と気まずそうに顔を背けた。

泰之が手を差し伸べても、前田はそっぽを向いたままである。視線の先には、空っぽになったリュックサックが落ちている。

「奴らをぶっ殺すつもりが、逆に信者に全て奪われてこのザマだ」

自嘲するように言った。

泰之は、板垣たちが北門と南門にいることを教えてやろうと思ったのだが、前田は泰之を見るなり、

「あんたは奥さんの仇を取ったのか。その様子じゃ、まだのようだな」

嘲るような口調で言った。

言い返さず、じっと前田を見下ろしていると、

「武器がない俺にはもう、神河たちを殺すこともできねえ」

前田は投げやりな口調で言うと、突然泰之をキッと睨みつけ、

「あんたもそうだ。あんたも俺と同じで、『復讐』できず終わるのさ。この島に来て知ったんだよ。ドラマと違って現実は、正義が勝つことはないって。そういう仕組みになってるんだ」

前田は更に言った。

「百時間が経ったら、あんたは北門、南門、どっちを選ぶんだ」

黙っていると、前田は鼻で笑い、

「どっちへ行っても仇は現れないよ。そういう運命なんだから」

前田は最後、真剣な口調でこう言った。

「だから言ったんだ、『復讐』なんて、選ぶべきじゃないって！」

泰之は表情一つ変えなかったが、心の中は嵐が吹き荒れていた。

黙ったまま前田に背を向け歩きだす。俺はお前とは違う、と心の中で叫びながら。

しかし前田の言うように、泰之はいくら探しても角田敦郎を発見することはできず、刻一刻と危機が迫っていた。

✡

泰之は、無意識のうちに道端に立ち尽くしていた。

前田と別れてから十七時間が過ぎ、とうとう残り二時間となってしまった。

なぜだ、と泰之は頭の中で叫んだ。角田はおろか、星野にすら会えないのである。

ふと、星野が角田を仕留める映像が脳裏を掠めた。

これだけ探しても見つからないのである、悪い予感を抱くのも仕方がなかった。

泰之は不吉な思いを振り払い、角田はまだ蛇岩島にいる、と強く自分に言い聞かせた。

しかし、自力で見つけ出すのはもう不可能に近い状況である。このまま見つからなければ、二時間後に訪れる『運命の選択』に賭けることになる。

泰之はすでに、そうなることを覚悟していた。

二時間後、角田はどちらの門にやってくるのか……。

確率は二分の一であるが、人生最大の賭けであるが故に泰之は決められない。

ふと、前田に言われた言葉を思い出し、再び悪い予感を抱いてしまう。

泰之は、前田の言葉を振り払うように走りだした。

泰之が向かったのは、北門と南門のちょうど中間地点にあたる、Hの⑧だった。

泰之は電子地図を取り出し、北門があるHの⑮と、南門があるHの①を交互に見つめる。

泰之は長い時間迷うが決められず、

「俺は、どっちに行けばいいかな」

泉に問いかける。

それでもやはり答えを出すことができず、まだ時間はあると、泰之はとりあえず歩みを再開した。

泰之は無意識のうちにJの③まで来ており、再び立ち止まると、もう一度、どちらを選択しようかと悩む。

その時だった。

「高橋さん」

後ろの方から男に声をかけられた。泰之は咄嗟に振り返るが、男の姿はない。

「ここです、ここ、早く」

一瞬、すぐそこにある建物の方から白い光が見えた。近づいていくと、工場の跡であることが分かった。そこに、板垣たちが隠れていたのだ。全員かなり緊張している様子である。

「もうじき、神河たちがここを通るんです」

板垣が興奮混じりに言った。

泰之は腕時計を見て合点した。泰之よりも一時間前にスタートしている板垣たちは、ついさきほど時間切れとなり、ついに作戦を実行する時が来たのである。

「今度こそ必ず、神河たちを仕留めます」

日野翔太が、力強い口調で言った。

「高橋さんは」

板垣がその先を言おうとした時、ある一人が前方を指差して言った。

「あの、あそこにいるのって、前田くんじゃないですか」

一人の男が、荒れ果てた道をフラフラと彷徨うようにして歩いている。

暗いのではっきりと顔は見えないが、確かに前田だ、と泰之は思った。

板垣は泰之にしたように、懐中電灯の光を前田にあて、

「前田くん、ここだ」

と小さな声で呼んだ。すると前田はハッとなり、工場の方へとやってきた。

前田は気まずそうに、

「板垣さん」

板垣は前田の肩に両手を置くと、前田を真っ直ぐに見つめ、

「前田くん、もうじき神河たちがここを通るぞ。ようやく神河たちに『復讐』する時が来たのだよ。さあ、君も一緒に行くぞ」

前田が単独行動していたことなど気にしていないというように、そう言ったのである。

前田は日野たちに視線を向けると、顔を伏せ、

「でも、俺は、俺は」

と言った。

「何があったって私たちは皆仲間なんだ。最後は全員で神河たちに『復讐』するんだよ。私はね、神河たちを捕らえたら、まずは君たち七人を探しに行くつもりだったのだよ」

前田は板垣を見つめると、もう一度皆に視線を向けた。

前田を非難する者は誰一人としておらず、日野たちは前田を温かく迎えたのである。

前田は自分の勝手な行動を悔い、恥じているようだった。

前田は唇を噛みしめると、頭を下げ、

「ありがとうございます」

と涙声で言った。

✡

さっきまでずっと穏やかな風が南に向かって吹いていたが、突然ピタリと止み、辺りは、不気味なほどの静けさに包まれた。

板垣たちは息を殺してその時を待つ。

微《かす》かに何かが聞こえてくる、と思ったら、板垣たちの心臓の音だった。

「来るぞ」

板垣が、電子地図を見ながら言った。

やがて、足音が聞こえてきた。

現在泰之たちはJの③地点にいる。神河聖徳たちは、南門を選択したのである。

神河たちが段々近づいてくるのが、気配で分かる。

泰之はそっと顔を出し、様子をうかがう。

神河聖徳が、三十人近い信者とともにやってくる。

泰之たちでさえ疲労困憊《こんぱい》しており、空腹で飢えているというのに、神河聖徳たちは受刑者とは思えぬほどしっかりとした足取りである。

泰之は、神河聖徳たちが『何か』を喰っている姿を思い出した。神河聖徳たちは『あれ』で生き返ったに違いない。

神河聖徳を囲むようにして歩く信者たちの半数近くが武器を装備しており、目を光らせている。

信者たちは北門、南門、いずれを選択しても、板垣たちが張っていると踏んでいるに違いなく、死に物狂いで神河聖徳を門外へ出すつもりだろう。

神河聖徳たちの姿が見えなくなったところで板垣は皆に合図し、工場から出た。泰之も、板垣たちについていく。四十七人の復讐者たちは、気配を消して神河聖徳たちを追いかける。

再び姿が見えたのは、Hの②地点に入った時だった。

そこで、板垣が再び皆に目で合図をした。

全員が頷くと、板垣は銃を手に取り、威嚇するように空に向かって発砲したのである。

その瞬間、神河聖徳たちは駆けだした。

板垣たちも走りだす。しかしあえて距離を縮めることはせず、信者たちの攻撃を喰らわぬよう一定の距離を保っている。

この時の板垣たちは非常に落ち着いていた。南門はもう間近であるが、彼らには神河聖徳たちを仕留める自信があるのだ。

復讐者たちは全員声を上げ、神河たちの危機感を煽《あお》る。

泰之もつられて走りだしていたのだが、それからすぐのことだった。

信者たちは皆、神河聖徳の命を守ろうと必死であるが、一人だけ、なぜか別方向に逃げたのである。

それは、背が低くでっぷりと太った男だった。

その体つきは、泰之の網膜にしっかりと焼き付いている角田敦郎の姿形と重なった。認めたのは後ろ姿ではあるものの、角田敦郎だと確信した泰之は俄に血が騒いだ。

いつからかは不明だが、角田は神河聖徳たちの中に紛れ込んでいたのである！

角田はこう考えたのではないか。神河たちと一緒にいれば、星野に見つかってもカムフラージュになるし、うまくいけば信者たちが星野を撃退してくれる、と。

復讐者のある一人が、別方向に逃げる男を指さし、

「一人、違う方に逃げていくぞ！」

と報せた。

泰之は咄嗟に、

「奴は信者ではない！　俺の仇だ！」

と叫び、

「角田！」

鬼のような形相で、角田の後ろ姿を追った。

角田敦郎は、贅肉《ぜいにく》を揺らしながら平屋が建ち並ぶ方に逃げていく。

「待て角田！」

角田はビクリと振り返り、泰之の姿を確認すると、ひいいい、と悲鳴を上げた。

角田は必死に逃げるが非常に鈍足で、最初はかなりの距離があったが、泰之はあっという間に追いついた。

後ろから迷彩服を摑むと、角田はいやだいやだと激しく暴れだした。非常に力が強く、泰之はバランスを崩して転んでしまった。

泰之は頭の中が真っ赤に染まり、巨漢の後ろ姿をギラリと睨むと、サバイバルナイフを取り出し、角田の背中を追った。

瞬く間に距離は縮まり、泰之は追いつくと、今度は角田の背中に有無を言わさずサバイバルナイフを刺したのである。

角田は悲鳴を上げながら倒れた。

泰之は、身悶《みもだ》えして苦しむ角田の上に乗ると、黙らせるように一発殴り、銃を取り出し額に銃口を向けた。

「とうとう、とうとう捕まえたぞ、角田！」

✡

泰之が角田を捕まえたちょうどその頃、板垣たちの視線の先に、南門が見えてきた。

神河聖徳たちが門をくぐれば『無罪』となるが、それでも板垣たちはまだ距離をつめることはせず、神河たちを煽りながら後を追っている。

神河たちは、むやみやたらに発砲しながら逃げていく。

しかし到底命中する距離ではなく、板垣たちは落ち着いていた。

やがて、南門が兵士たちによって開けられた。ＧＰＳで判断しているに違いなかった。

神河たちは、『戦場』から出ることに気を奪われてピタリと攻撃を止めた。

そこで板垣たちは全速力で走った。しかし到底追いつける距離ではない。

神河たちは、そのまま一気に駆け抜けるつもりであったろう。

しかし南門のすぐ手前で、神河聖徳たち全員の姿が一瞬にして消えた！

いや、消えたのではない。

落ちたのである。

板垣たちは二十時間以上かけて、北門と南門のすぐ手前に、直径十メートルの超巨大落とし穴を仕掛けたのである。

ただ、落とし穴に気づかれないための、カムフラージュになるような物は敷かれてはいない。正確に言えば、穴を覆い隠す物がなかったのだ。

とはいえ夜だと全く気づかないのである。蛇岩島には灯がなく、更に受刑者には懐中電灯が与えられていないからだ。

仮に直前で気づかれたとしても、門を出るには一度穴の中に飛び込んでから、深い穴をよじ登らなければならないようになっているのだ。その間に仕留めればよい。

ただそれはあくまで理想であり、必ずしも成功するとは限らなかった。板垣たちの一番の懸念は、神河聖徳たちが落とし穴に気づいてしまった場合、である。

そうなれば、神河たちは一旦逃げて再度機会をうかがうか、その場で戦うかのどちらかを選択していたであろう。

そうはいっても板垣たちは神河に選択する間を与えるつもりはなかった。そして、立ち往生している隙に突撃するつもりだった。

それでも、神河たちを全員仕留めることができたかどうか。悲惨な結果になる可能性もあったのである。

神河たちが落とし穴に嵌《はま》らなければ、『復讐』を果たせるかどうかは、五分五分だった。

だが、見事に成功した。

今、板垣は、最悪の状況を迎えることなく自らの作戦がうまくいったのは、神河たちに殺された弟と家族、そして、多くの犠牲者たちが見守ってくれていたからだと、そう思っていた。

しかし、まだ油断してはならない……。

落とし穴に嵌った神河たちは、必死の形相で穴から出ようとしていた。そこへ、四十七人の復讐者たちが上から銃を向けた。

「終わりだ神河！」

板垣が言った。

神河たちはビクッと動作が止まり、板垣たちを見上げた。その刹那《せつな》、微かではあるが数人の信者が不審な動きを見せた。

「動くな！　手を上げろ！」

板垣が命令すると、全員がそれに応じた。

「まずはお前たちが持っている全ての武器をこっちへ渡せ。神河、お前がやれ」

神河は返事はしないものの、自分と信者たちが持つ武器を、一つひとつ上に投げていく。

神河たちが丸腰になったことが分かると、

「一人ずつ上がってこい」

板垣が指示した。

「神河、お前は最後だ」

そう付け足すと、神河は板垣に視線を向けた。

とうとう板垣たちに捕まり、これから『処刑』される身にもかかわらず、さっきから一つも表情を変えない神河は、細い目でじっと板垣を見据えているだけだった。

✡

泰之は息を荒らげながら角田に叫んだ。

「お前が、お前が、小寺に泉を殺させたんだな！　なぜだ、答えろ！」

額に銃口を押し当てられている角田は恐怖に怯えると同時に、

「待って、背中が痛い、背中が痛いよお」

と顔を顰《しか》めながら訴えた。その口調は、まるで幼い子供のようであった。

泰之はそんなこと知るかというように、鎖骨の辺りにナイフを突き刺した。

角田は狂ったように喚き、激しく足をばたつかせた。

「この鬼！　悪魔！」

涙声で叫んだ。

「答えろ！　なぜ小寺に泉を殺させたんだ！　喋れば楽にしてやる」

泰之は、楽という言葉に含みを持たせて言った。しかし角田は、単純に助かると思い込んだようで、

「分かりました、分かりました、話します、だから許してください」

と必死の形相で言った。

角田は痛さに顔を歪めながら、ゆっくり深呼吸すると、

「確かに、僕が小寺さんにあなたの奥さんを殺すようお願いしました、でも、でも、聞いてください、僕は、あなたの奥さんに恨みなんて全くありませんよ」

「じゃあなぜ！」

「それは、殺すように、命令されたからです」

角田も小寺と同じことを言ったのである。

泰之は動揺の色を浮かべ、

「一体誰に、命令されたんだ」

角田は一瞬躊躇《とまど》うような表情を見せたが、

「リリカ、にです」

と言った。

その瞬間、泰之の表情が停止した。

リリカとは確か、角田が星野範子に対して呼んでいた名前ではなかったか。

「星野範子が、泉を……」

「はい、嘘じゃありません」

泰之は口を開くが、次の言葉が出てこない。

「みんな、リリカが僕のいない隙にアパートから逃げて、それで事件が発覚したと思っているけど、本当は違うんです」

「どういう、ことだ」

「二十年間ずっと僕の言いなりだったリリカが突然、赤いテープの中から出て、台所に向かうと、包丁を手にとって、それで僕を脅したんですよ。友田泉を殺せ、殺せばお前を、『無罪』にしてやるって」

　友田とは、泉の旧姓である。

なぜ、星野範子がそれを知っているのか。なぜ、星野範子は泉に恨みを抱いていたのか。星野は二十年間ずっと監禁されていたのではないのか……？

「僕は悪夢を見ているようでしたよ。だって、正義の味方のリリカが豹変《ひょうへん》して、包丁で脅してきたんですから」

　角田は、現実と空想の区別が全くつかなくなっているようだった。

「僕はまず探偵事務所に行って、『友田泉』を探してもらうよう依頼しました。それで、あなたの奥さんを見つけることができたんですけど……」

　泰之には、その先の言葉が予測できた。

「僕には人殺しなんてできなくて、それで、小寺さんに頼んだんです。世界プラーナ教団の人たちなら、僕を助けてくれるんじゃないかって思って……」

　角田は再び深呼吸すると、

「僕は、リリカに命令されたとおりに動いたのに……」

　泰之は再び険しい顔つきとなり、鋭い目で角田を睨んだ。

「リリカは最初、一緒に島に来ても僕を『無罪放免』にしてくれるって約束したんですよ、それなのにリリカは！」

　そのような約束事があったからか、と泰之は思った。

　あれは、星野と一緒にいた時の出来事である。突然星野が走りだし、その先には角田の姿があった。

　しかし角田は逃げるどころかこちらにやってきて、星野だと知った瞬間安心しきった表情を見せた……。

「でも、でも、リリカは最初から僕を殺すつもりだったんだ！」

　小寺に泉を殺させた罪悪感よりも、角田はリリカに裏切られたことに大きなショックを感じている。

　泰之は身体中を激しく震わせながら角田を見ていた。

　泰之の様子に気づかない角田は、

「この二十年間、僕はリリカを大事に大事に育ててきたのに！　リリカと一緒に過ごした日々は、僕にとって本当に夢のようだったなあ。

蛇岩島を出たら、もう二度とリリカには会えないでしょうね。できることなら、あの頃に戻りた――」

気づけば、泰之は角田の額に向けて引き金を引いていた。

✡

真の仇は角田敦郎ではなく、星野範子だった……。

角田の死ぬ前の様子や、蛇岩島での星野に対する言動からすると、事実であろう。

泰之は返り血も拭かず、立ち上がった。

息を荒らげながら、角田の死に顔を見据える。驚いたように目を見開きながら泰之を見ていた。

泰之は角田敦郎の言葉を思い出すと同時に、星野範子が角田敦郎に対し、泉を殺害するよう命じている姿を想像した。

泰之は映像だけだと、『泉が泉に殺意を抱いている』ような錯覚を起こした。

星野に出会った時、星野はこのようなことを言っていた。

ニュースで泉のことを知り、顔を見た瞬間あまりに自分に似ていたから驚いた、と。

あれは嘘であり、本当は泉をずっと恨んでいたのだ。

今思えば、星野範子に出会ったのは偶然ではなく、泉が、星野範子と自分を引き合わせたのだ。

しかしなぜ、星野は泉に私怨《しえん》を抱いていたのか。

星野は角田に二十年間、ずっと監禁されていたのではないのか。

泉もまた、星野範子のことなど一度も話したことはない。

同じ顔を持つ二人の間に、一体何があったというのか……。

角田はそれを知っていたのかもしれないが、泰之はそれを聞き出す前に感情を抑えられなくて引き金を引いてしまった。

泰之は心の中で、まあいい、と言った。

星野範子を見つけ出せば全て分かることだし、全てが終わる……。

ただ、今はまだ下手に動かない方がいいかもしれない、と泰之は思う。

まだ時間はある。ここで、星野範子が現れるのを待つ方が早いかもしれない。

しかし泰之はどこにも隠れることはせず、星野範子が現れるのを、角田の死体の傍で待った。

神河聖徳と信者たちは南門を背に、ずらりと横一列に正座している。誰一人逃げようとする者はいないが、信者の殆《ほとん》どが死の恐怖に怯え、神河様、神河様、と唱えている。中には、失禁している者もいた。

中央ではなく、右端に正座させられている神河聖徳だけは、平然とした顔つきで瞑想していた。

いよいよ、『処刑』が行われようとしている。神河聖徳たちを生け捕ってから、一時間半後のことだった。

板垣たちは数メートル離れたところに立ち、神河聖徳たちに拳銃やマシンガンを向けている。

その中には、板垣たちと別れて単独行動していた六人の姿もあった。

神河聖徳たちを捕らえた後、日野翔太をはじめとする十人が六人を探しに行き、大声で、神河を捕らえたぞ、と告げてまわったのである。それを知った六人はすぐに姿を現した。

彼らは皆憔悴しきっており、前田達也と同様、武器、食料、ともに信者たちに奪われていた。

武器のない前田たちは、信者たちから奪い返した武器を握っている。

五十三人の復讐者たちは、興奮で顔が紅潮し、手にはじっとりと汗が滲《にじ》んでいた。皆殺された家族を思い浮かべ、それぞれが心の中で声をかけているのだ。

板垣が全員に視線を向け頷くと、五十二人の復讐者たちは家族を殺した仇に目線を切り替えた。

そのうち、神河聖徳に銃口を向けている者は一人もいない。

神河聖徳に『復讐』するのは、最後と決まったのだ。

板垣は、弟とその家族を殺した信者たちを見据えながら、

「殺された弟たちの仇だ！」

と叫んだ。すると日野たちも同じような言葉を叫び、一斉に引き金を引いた。

夜空に銃声が鳴り響いてからほんの十数秒で信者たちの身体は蜂の巣のように穴だらけとなり、バタリバタリと次々と倒れていった。

的は人間だが、それは射的場の光景に似ていた。

信者たちを射殺し、一旦銃をおろした板垣たちは、鬼のような形相で神河聖徳に視線を向けた。

いよいよ『世界プラーナ教団事件』の首謀者の番となり、板垣たちの感情は更に昂ぶる。

しかし復讐者たちとは対照的に、神河聖徳は信者たちが射殺されても平然とした表情を一切崩さず、それどころか、いつの間にか正座から座禅に座り直しており、更には、耳を澄ますと何かを言っている。

ずっと、瞑想しているかのように目を閉じていた神河であるが、今は細い目を開き、呪文のような言葉を口の中でぶつぶつと呟いている。

板垣は、呪いの呪文をかけられているような気がしてならなかった。

それ以上に気に食わないのが、神河聖徳の態度が平然としていることである。

板垣は神河に、死の恐怖を味わわせるために信者の『処刑』を見せたのであるが……。

神河は冷静を装っているのではなく、死に対する恐怖心が全くないのだ。

死んでもすぐに生き返ることができると考えているのかもしれなかった。

「板垣さん、神河はすぐに殺すことはせず、ナイフでじわじわと痛めつけ、殺しましょう」

言ったのは前田達也であった。

板垣は迷わず賛同した。

その方が地獄のような痛み、苦しみを与えることができるし、さすがに冷静ではいられなくなるであろう。

✡

板垣たちは、未だ呪文のような言葉を口の中で呟く神河聖徳を囲むと、サバイバルナイフを手に取った。

一番手は、日野翔太である。

全員の視線を浴びる中、日野は段々と鼻息が荒くなり、表情も狂気に染まっていく。

日野は両手でナイフを力強く握りしめると、

「見てろよ、亜矢《あや》！」

殺された妹にそう言い、叫びながら神河に向かって走った。

日野は、神河の腹部を突き刺した。

瞬間、神河は呻き声を洩らすが、すぐに起き上がり、何事もなかったかのように再び呪文を唱える。

五十三人の復讐者たちは、時計回りに、次々と神河の身体にナイフを突き刺していく。

皆、恨み辛みの数々を叫び、殆どの者が一刺しでは満足できず、狂ったように何度もナイフを突き刺す。中には、泣きながら復讐する者もあった。

神河は、最初は平然としていたものの、痛みで段々顔が歪み、それでも呪文のような言葉を呟いていたが、口から血を噴き出したと同時にうつ伏せに倒れ、最後の、板垣の番が回ってきた時には、もう死んでいるようだった。

板垣は、死んでいようが構わなかった。

今、手に握っているこのナイフを心臓に突き立てて、終わりだ。

神河の迷彩服は真っ赤に染まっており、どこを刺されたかも分からない状態だったが、心臓を刺した者はまだ誰もいない。

皆、板垣のために心臓は残しておいたのである。

板垣は『復讐』を果たす前に、神河に殺された弟たちの姿を思い浮かべた。

世界プラーナ教団と敵対関係というだけで殺された弟と、その妻と子。

智也、有紀《ゆき》さん、香奈《かな》ちゃん、やっと、無念を晴らす時が来たぞ……。

板垣は目を潤ませながら神河の元へ向かい、憎しみに満ちた目で神河を見下ろすと、ナイフを振りかざした。

その時である。

板垣は背筋が凍り付いた。

死んだと思ったはずの神河の目が、突然大きく見開かれたからだ。

幻覚ではない、神河は、手足を痙攣させながら目を剥いている。

板垣を、恨むような目だった。

板垣はしばらく硬直していたが、

「神河！」

恐怖心を振り払うように叫び声を上げると、渾身《こんしん》の力で、神河聖徳の心臓にナイフを突き立てた。

✡

南門の方から何発もの激しい銃声音が聞こえてきたのはほんの十分くらい前のことだった。

依然、角田敦郎の死体の横で、星野範子が現れるのを待っていた泰之は、板垣たちが神河聖徳たちを射殺し、ついに『復讐』を果たしたことを知った。

その時泰之は、星野範子が現れ、自分も板垣たちと同じように『復讐』を果たせるような予感がしたのだが、星野範子は現れず、とうとう時刻は、午後十一時十五分を回った。

星野の残り時間、あと十五分。

恐らく、すでにどちらかの門に向かっているに違いない。

泰之も、いよいよ動きだす決意をした。

北門、南門、どちらに行こうか迷うが、まずはここから近い南門に向かうことを決めた。

その前に泰之は、懐からサバイバルナイフを取り出し、角田の顔の前で屈んだ。

念のため、角田敦郎の右耳を持っていくことにしたのである。

泰之は、小型送信機のついた角田の右耳を左手で持ち、ナイフをあてた。

その時である。

後ろの方で、鉄が転がるような音が聞こえ、泰之は振り返った。

その、僅か三秒後だった。

転がってきたそれは手榴弾であり、爆発したと同時に泰之は爆風で吹っ飛ばされた。

頭から地面に落ちた泰之は意識を失い、我に返った時、身体中に激痛が走った。

視界がぼやけているのは、頭を打ったのと、目にまで血が流れ込んでいたからである。

幸い、どこも骨は折れていないようだった。

泰之は血を拭い、足を震わせながら立ち上がると、自分と角田がいたと思われる場所を、振り返った。

そこから少し離れた所から、煙が上がっている。

爆発したのはほんの数十秒前であったらしい。

段々煙は薄れ、凡そ三十メートルほど先に人影が見えた。

泰之は懐中電灯の光を当てた。

煙の向こうに立っていたのは、星野範子だった。

星野も懐中電灯を泰之に当てた。

泰之の顔を見た瞬間、星野は動作が止まり、心底驚いた表情を見せた。

「どうして、あなたが」

泰之は痛みに顔を歪ませながら言った。

「君が、俺と泉の本当の仇だったなんて、思いも寄らなかった」

星野はそれには答えず、

「角田は！　角田はどこ！」

混乱しているような口調だった。星野の電子地図には角田の位置が表示されているのに、現れたのが泰之だったからである。

「角田敦郎は、二時間前に俺が殺した」

そう告げると、星野は打ちのめされたような表情となり、

「なんですって……」

と弱々しい声で呟くが、次第に憤怒の形相に変わっていき、身体中がワナワナと震えだした。

「あの男は、あの男は、私が殺すはずだったのに！」

「なぜだ」

泰之は遮《さえぎ》るようにして言った。

「なぜ、泉を殺さなければならなかったんだ」

「…………」

「君と泉との間に、一体何があったというんだ」

「…………」

角田を殺されたショックと怒りとで、泰之の声が届いていないのか、それとも答えられる余裕がないのか、いずれにせよ、星野のその態度が泰之は許せなかった。

「答えろ！」

夜空に響くほどの声で叫んだ。すると星野は泰之を見ながら、

「私は、友田泉の身代わりになったの」

と抑揚のない声で言った。

「身代わり？」

「八歳の夏角田に誘拐され、アパートに連れていかれたって言ったでしょう。そこに、友田泉がいたの」

泰之は愕然として色を失った。一瞬、頭の中が真っ白になった。

「まさか泉も、角田に誘拐されていたのか……」

「そうよ」

泰之は信じられない思いだった。泉にそんな過去があったなんて、一度も聞いたことがない。

「彼女は赤いテープの中ではなく、その時は押し入れの中に閉じ込められていた。タオルで目隠しされて、口にはガムテープが貼られ、手足はロープで縛られてた。

彼女は小さな身体で暴れて、口をもごもごさせながら、助けてって必死に叫んでたわ」

泰之は驚きとショックで言葉を呑む。

「角田が、タオルとガムテープをとった瞬間私は、鏡を見ているんじゃないかって思った。

彼女も、同じことを思ったって言ってたわ」

　星野は一拍置いて、言葉を重ねた。

「その時の角田の表情を、今でも鮮明に憶えてる。角田はとても満足そうにしてた。自分の好きなアニメキャラクターに似ている少女を、二人も見つけたのだから」

　角田の興奮振りが、泰之の目にも浮かんだ。

「でもそれは一時のことだった。角田は私に、リリカは一人でいい。君が本物で、彼女は偽物だったんだ、と言ったわ」

「本物と、偽物……」

「私と彼女は、角田がトイレに行っているほんの少しの間、会話した。いや、会話したといっても、ほとんど彼女が喋ってたわ。

　今でも最初の言葉を憶えてる。

　私たち、本当に似ているね、鏡を見ているみたい、もしかしたら双子かもしれないわ。

彼女は自分の置かれた状況を忘れて、少し嬉しそうにそう言ったわ」

　その時彼女は、自分は角田に誘拐されてまだ二日足らずで、ずっと押し入れの中に閉じ込められていたと話した。

　私と彼女が一緒にいたのは、ほんの二日間。そこで、彼女の名前も知った。二日後には角田は彼女を解放した。

会話した時間は本当に少なかったけれど、彼女は明るくて、活発で、正義感の強い性格だと分かった。私と、正反対でね。

私は二十年間毎日のように、リリカが主人公の少女アニメ『ガーディアン・エンジェルリリカ』を観させられたわ。リリカは、明るくて、活発で、正義感の強い性格だった。そうよ、本物のリリカは、彼女の方だった。でも角田は、正反対の私を選んだ。

彼女の性格からすると、いずれ騒がれて、監禁していることがばれてしまうとでも思ったのかしらね。

角田は最初、私と彼女を家に帰すと言ったわ。そのかわり、このことを話したらいけない、誰かに話したら殺しに行くから、と脅したわ。

私は家に帰れるとホッとしたのに、それは、彼女の口を封じるための嘘で、私は家に帰してはもらえなかった」

泉が、幼い頃に誘拐されたことや、星野範子との過去を一度も話さなかったのは、角田の言葉に恐怖心を抱いたまま成長したのと、星野範子も一緒に解放されたと思い込んでいたからに違いない。

いや、それ以上に、思い出したくもないほど、恐ろしい体験だったからだ……。

「彼女を解放し、一人になった私を見て、角田はこう言ったわ。君が本物で、彼女は偽物だったんだ、と」

星野は続けた。

「二十年間地獄だったわ。私は毎日、赤いテープの中から出たい、家に帰りたい、と心の中で叫んでた。でも毎日、この中から出たら殺す、と洗脳されていた私は、赤いテープの中から出るのが怖くて、どうしても逃げることができなかった。

私は二十年間、角田と友田泉を恨みながら赤いテープの中で生きていたわ」

「待て」

泰之は遮り、星野に問うた。

「なぜ泉に恨みを抱く。泉は、何も悪くないじゃないか」

「彼女の身代わりになったせいで、私は二十年間角田に苦しい思いをさせられたの！　それに、一人だけ家に帰されて、幸せに暮らしている彼女が許せなかった！」

「泉は、君も一緒に解放……」

「私は！」

星野は泰之に喋らせなかった。

「いつか必ず角田と友田泉に復讐してやるって、毎日毎日そう思い続けてた。でも角田に殺されるのが怖くて、結局二十年間私はリリカとして生き、角田の言いなりだったけれど……」

星野は大きく息を吸い込むと、こう言った。

「やっと、彼女に復讐することができたわ！」

興奮混じりの声だった。

「突然、もう一人の私が覚醒したのよ。角田を恐れることはない、赤いテープの中から出て、『復讐』を実行するのよ、と！

計画は、ずっと前からできあがってた。あとはそれを実行するだけだった。

赤いテープの中から出ることを決意した私は、角田が見ていない隙にテープの中から出た。同じ空間内でも、テープから出た瞬間、別世界に感じたわ。

台所までほんの短い距離だったけれど私は夢中で走った。そして包丁を取って、角田の首に突きつけた！

私は、二十年間監禁したことは『無実』にしてあげると約束し、そのかわり友田泉を殺すよう命令した」

泰之は感情が激しく波打つ。再び拳を握りしめた。

「角田は自分も殺される身だとは知らず、命令どおり彼女を殺してくれたわ。結局彼女を殺したのは角田本人ではなかったけれど、そんなことはどうでもいい。彼女が死んでくれれば、それで！」

泰之は身体中を激しく震わせながら叫んだ。

「星野……！」

「あとは角田を！」

同時に星野も叫んだ。

「あとは角田をこの手で殺すだけだったのに！」

それから数秒間、静寂に包まれた。

「長年の『復讐』を果たし、新たな人生を歩むはずだったのに」

星野は先ほどまでとは打って変わり、静かな口調で言った。

「お前が角田を殺さなければ、殺さなければ……」

やはり低い声であるが、星野の全身も怒りに戦慄《わなな》いている。

「殺してやる」

星野は感情とは対照的に小声でそう言うと、懐中電灯を地面に叩きつけた。そしてマシンガンを手に取り、

「殺してやる、殺してやる、殺してやる！」

奇声を発しながら、突撃してきた。

星野はマシンガンを乱射する。しかし泰之はその場に立ったまま動かなかった。いや、動けなかった。

こちらに向かって走ってくる星野が、一瞬泉に見えたからである。

デートの時、待ち合わせ場所に先に着くのはいつも泰之の方で、泉は泰之を見つけると、

手を振りながら小走りでやってくるのだった。

星野の表情や、状況、全て正反対であるが、その光景がなぜか重なったのである。

泰之は、違うと首を振った。

幻覚だ。

やってくるのは泉ではない。

泉の顔をした、悪魔だ！

泉は、自分の傍にいる！

泰之は自分にそう言い聞かせると、懐中電灯を地面に捨て、マシンガンを手に取り、星野と同じように叫び声を上げながら、突っ込んだ。


翌早朝、板垣をはじめとする五十三人の復讐者たちは、東京湾芝浦桟橋に到着した。

船からおりた板垣たちに、大勢のマスコミが駆け寄る。

皆、マスコミの質問に答えられないくらい憔悴しきっているが、疲労の中に、興奮や感動の色が浮かんでいる。

そこから少し離れたところで、板垣たちや中型船を静かに見つめる人たちがいた。

泰之の両親と、泉の両親である。

肇、冬雪、紀雄、道子の四人は、板垣たちの中に泰之が紛れ込んでいないか、船からおりてこないか、目で探す。

一方、板垣たちは国が用意したバスに乗り込み、座席に座ると皆カーテンを閉めた。

全員が乗り込むとバスは発車し、同時にマスコミの姿もなくなり、フェリー乗り場周辺は、さっきまでの騒々しさが嘘のようにしんと静まりかえった。

肇たち四人は、板垣たちと一緒に泰之が帰ってくると信じていたのだが、泰之の姿がないことが分かると、鉛のような重い溜め息をついた。

ただこの時は時間も早く、四人とも、次の便で蛇岩島から戻ってくると思っていたのである。

しかし午後五時を過ぎても泰之は現れず、肇たちは不吉な予感を抱き始める。

この頃から肇たちは、泰之が『復讐』を成し遂げたかどうかはどうでもよくなっていた。

四人は、夕陽の浮かぶ東京湾を見つめながら、泰之が無事に帰ってくることをひたすら祈り続けた。

しかし肇たちの願いとは裏腹に、結局夜中になっても泰之は戻ってこなかったのである……。

✡

その頃、蛇岩島は異様なまでの静けさに包まれていた。

さっきまで島を照らしていた月は厚い雲に覆われ、無風であるが、今にも雨が降りだしそうな雰囲気である。

やがて、空からぽつぽつと雨が降りだし、Hの②地点を、木の杖をつきながら歩いている泰之の肌を濡らした。

顔や首や手についている血糊《ちのり》が雨と混じり、赤い水が地面に滴り落ちる。

泰之は南門方面に向かって歩いているが、南門を目指していたわけではない。

全身傷だらけの泰之は、重いリュックを背負い、木の杖をつきながら、『復讐』を果たした場所へと向かっているのだ。

角田敦郎を殺した場所から少し離れた民家の傍に、星野範子がいた。

小寺諒と同じように両足がなく、更には両腕もない。星野の両腕と両足は、星野の隣に綺麗に並べられている。

昨晩、腕や足を撃たれながらも、辛うじて星野に打ち勝った泰之であるが、星野が倒れると同時に気絶し、目が覚めると、真っ先に星野の両足を切り落とし、次に両腕を切断した。星野は半狂乱となり、この世のものとは思えぬほどの奇声を上げた。

両腕と両足を失った星野を起き上がらせた時、泰之は、いつの日か泉と一緒に見た、ギリシア彫刻の胸像を思い出した。

ようやく星野の元まで戻ってきた泰之は、重いリュックを地面におろし、木の杖を放り投げた。

星野範子は、まだ生きている。

虫の息であり、うっすらと目を開けるのも限界であるが、生きている。

泰之は、星野をまだ死なせるわけにはいかなかった。

リュックサックの中から水の入ったペットボトルを取り出すと、蓋を開けた。

長い時間かけてCの⑮に行き、『星野のため』に、川から水を汲んできたのである。

泰之は星野の口を開けると、水を飲ませた。

しかし、彼女にはもう飲み込む力すらなく、泰之は舌打ちすると、星野の顎を持ち上げ、強引に飲ませた。

次に泰之は、帰ってくる途中にとってきた雑草を口の中に入れた。

やはりこれも星野は飲み込むことができず、泰之は無理に草を喉の奥に押し込んだのである。

「死ぬなよ、お前には監禁生活以上の苦痛と屈辱を味わわせてやる」

星野は細い目で泰之に視線を向けた。何か言いたげだったが、喋ることができない。

泰之を、恨んでいるということだけは分かった。

「お前が苦しむのは当たり前なんだ。お前は、泉の全てを奪ったんだから！」

泰之は厳しく言い放つと、再び星野に水を飲ませ、雑草を喉の奥に押し込んだ。

この時の泰之は、水と草を与えていれば、まだ何日間も星野は生き続けるだろうと考えていた。だが、このわずか三十分後、星野はあっけなく死亡したのである。

泰之はすぐに心臓マッサージをしたが無駄だった。二十四時間くらいしか命が保《も》たなかった星野に憎悪とも侮蔑ともつかない冷たい目を向けると、懐からサバイバルナイフを取り出し、恨みの言葉をぶつけながら、星野の首を切断し、それをリュックサックの中に詰め込んだのである。

無論、死んだ泉に見せてやるためだ。

エピローグ

星野範子の首が入ったリュックサックを背負いながら泰之は南門に向かい、約百二十五時間ぶりに『戦場』から出た。

それからのことは、憶えていない。

緊張の糸が切れたのだろう、泰之は意識を失い、気づけば東京の病院にいた。全身包帯が巻かれ、右腕には点滴の管があった。

窓から外を見ると、まだ午前六時にもかかわらず、大勢のマスコミが張っており、アナウンサーや記者たちは、カメラに向かって何かを喋っている。カメラマンたちは病院にカメラを向けシャッターチャンスを狙っていた。

泰之はカーテンを閉じると、ナースコールを押した。

それから間もなく看護師が駆けつけたのだが、泰之が目を覚ましたことに看護師は安堵した表情を見せた。

聞けば、病院に運ばれてきてから二十四時間近く一度も目を覚ますことなく眠り続けていたという。

泰之はそれから二日間入院し、ようやく、泉の待つマンションに戻ることができたのである。


お互いの両親が見守る中、泰之は泉の骨が入った骨壺の横に『リュックサック』を置くと、遺影の前に座り、静かに手を合わせた。

後ろで泰之を見守る、肇、冬雪、紀雄、道子の四人は、強烈な腐敗臭に顔を歪めたが、泰之は穏やかな表情で、泉の遺影を見つめている。

泰之はまず、無事に帰ってくることができたと泉に報告すると、横に置いてあるリュックサックに視線を向け、ファスナーをゆっくりと開いた。

星野範子の首が見えた瞬間、後ろの四人は顔を背けた。

泰之は達成感を顔に浮かべると、心の中で、星野範子の首を取ってきてやったぞ、と泉に告げた。

しかしすぐに泰之の表情からは明るさが消え、心までもが暗くなった。

泉を殺した、小寺諒、角田敦郎、そして星野範子に『復讐』することができたが、あくまで泉の恨みを晴らし、自分が満足しただけである。

泉を殺され、『復讐』することばかりに囚われていた泰之は今、とてつもない寂しさと、虚しさを感じていた。

目的を遂げても泉が死んだことに変わりはないし、泉は二度と帰ってこないからである。

泰之は抜け殻のように泉の遺影をぼんやりと見つめたまま、一時間以上その場から動かず、心の中で、泉に繰り返しこう尋ねた。

これから俺、どうやって生きていけばいい……。

✡

それから三日後、泰之は仕事に復帰することにした。

仕事をしていれば、寂しさや悲しみを紛らわすことができるだろうと思ったのである。

しかし……。

泰之はこの日も悪夢に魘《うな》され目を覚まし、隣に泉の姿がないことを知ると、魂までもが抜けてしまいそうなくらいの深い溜め息をつき、気づけば茫然と泉の名を呼び続けていた。

リビングに行っても無論食卓には朝食など用意されておらず、泰之は一人椅子に座ると、妄想の中で泉と一緒に朝食を食べる。しかしそれが現実でないことに気づくと、生きる力を失ってしまう。

この調子だと、仕事に出ても気持ちを切り替えるのは無理だと思われた。

泰之は気を紛らわせるためにテレビをつけるが、タイミング悪く司会者が、

『殺された料理研究家の高橋泉さん……』

と言い、泰之はすぐにテレビを消した。

泰之は重い溜め息をつくと、静まりかえった部屋の中でスーツに着替え、朝食も摂らずに家を出た。

この時も泰之は寂しい気持ちを抱いた。

いつも一緒に家を出ていたのに。

クッキングスタジオが休みの日は、外まで見送ってくれていたのに。

幸せだった頃を思い返しながら廊下を歩く泰之は、向こうからやってくる主婦と目が合い、軽く頭を下げた。

しかし向こうは泰之を避けるような態度を見せた。

そうされても、泰之は別段驚くことはないし、ショックを受けることもない。

自分にあのような態度を見せるのは彼女だけではないからだ。

いくら法律で許されているとはいえ、人を殺めたのは事実であり、住民は皆泰之を『殺人者』として見ているのだ。

マンションを出て駅に向かう途中、泰之は泉にこう問うた。

今のマンションから、越した方がいいかな、と。

現在住んでいるマンションは、泉と頭金を出し合って購入した物件であり、泉との思い出もたくさん詰まっている。

それ故、本当なら引き払うことはしたくないのだが……。

泰之は迷いを振り払うように首を振った。

自分は間違ったことは一切していないではないか。それなのにどうして逃げなくてはならない？　堂々としていればいいのだ。

自分にそう言い聞かせた泰之はふと立ち止まり、空を見上げた。

そう、いつまでも逃げてちゃ、だめなんだ。

泉の死をいつまでも悲しんだり、現実から逃げたりしてはいけない。

そんな姿、泉は見たくないはずだ。

いつも笑顔でいてほしいと思っているはずだ。

いつまでも暗いままでいたら、泉が悲しむ。

これからは泉の分まで強く生き……。

突然、泰之の表情が停止した。

背中に何かがぶつかってきた、と思ったと同時に身体中が麻痺し、泰之は呻き声を洩らしながらその場に倒れた。

身体中が燃えるように熱い。特に背中の痛みが酷く、触ってみると、手が真っ赤に染まっていた。

泰之は歯を食いしばり、うつ伏せから仰向けに体勢を変えた。

髪の長い中年の女が、泰之をじっと見下ろしていた。

女は病的なまでに痩せており、髪もパサパサで、酷く傷んでいる。

右手には、赤く染まった出刃包丁が握られていた。

女は不気味なくらい静かな表情であるが、痛みに苦しむ泰之の身体を容赦なく何度も刺した。

滅多刺しされた泰之は段々意識が朦朧となり、薄れゆく意識の中、女の声を聞いた。

「小寺諒の、母です」

抑揚のない声だった。

正体を知った瞬間、泰之の目元が一瞬ピクリと反応した。

女は、息子を殺した泰之を冷たい目で見下ろしていた。だが、恨みの念を声に出して叫ぶことはせず、小寺諒の母です、とたった一言そう言って去っていったのだった。

泰之は女を追いかけ、包丁を奪い取り、同じように滅多刺しにしてやりたいと思ったが、立ち上がることはおろか、目を開けているのに何も見えないのである。

まさか、『復讐』が次なる『復讐』を生むとは……。
泰之は暗闇の中で皮肉な運命を呪い、やがて、息絶えたのであった……。

一カ月後、一人の男が記者団に囲まれ、高らかにこう宣言した。
「私の息子を殺した小寺満一子《まいこ》を、『裁判』ではなく『復讐』で裁く！」

この作品は、2010年10月から2011年1月まで、
携帯電話ドコモのエブリスタのサイト上に連載されたものです。

〈著者紹介〉
1981年東京都生まれ。2001年のデビュー作『リアル鬼ごっこ』は、発売直後から口コミで評判を呼び、現在累計120万部を超える大ベストセラーとなり、映画化も実現。その後も『親指さがし』『パズル』『×ゲーム』『ドアD』『特別法第001条DUST』『魔界の塔』『自殺プロデュース』『メモリーを消すまで』『キリン』など快調なペースで作品を発表。映像化作品も多く、若い世代の絶大な支持を得ている。

GENTOSHA

復讐したい
2011年4月20日　第1刷発行

著　者　山田悠介
発行者　見城 徹

発行所　株式会社 幻冬舎
〒151-0051 東京都渋谷区千駄ヶ谷4-9-7

電話:03(5411)6211(編集)
03(5411)6222(営業)
振替:00120-8-767643
印刷・製本所:中央精版印刷株式会社

検印廃止

ISBN978-4-344-01975-1 C0093
幻冬舎ホームページアドレス　http://www.gentosha.co.jp/

この本に関するご意見・ご感想をメールでお寄せいただく場合は、comment@gentosha.co.jpまで。

山田悠介の本

リアル鬼ごっこ

〈佐藤〉姓を皆殺しにせよ！　西暦３０００年、国王は7日間にわたる大量虐殺を決行。佐藤翼は妹を救うため、死の競走路を疾走する。若い世代を熱狂させた大ベストセラーの〈改訂版〉。

定価560円(税込)

Aコース

5人の高校生が挑んだ、新アトラクション「バーチャワールド」。「Aコース」を選んで炎の病院に閉じ込められた彼らは、敵を退け、そこから脱出できるのか？　書き下ろしシリーズ第1弾。

定価480円(税込)

Fコース

4人の女子高生が挑んだアトラクション「バーチャワールド」。新作「Fコース」のミッションは美術館からの絵画強奪。敵の攻撃をかわし、ようやく目的の絵を前にしたが……。シリーズ第2弾‼

定価480円(税込)

親指さがし

「親指さがしって知ってる?」由美が聞きつけてきた噂話をもとに、武たち5人の小学生が遊び半分で始めた死のゲーム。女性のバラバラ殺人事件に端を発した呪いと恐怖のノンストップ・ホラー。

定価520円(税込)

幻冬舎文庫

山田悠介の本

ドアD

大学のテニスサークルの仲間8人が、施錠された部屋に拉致された。誰か一人が犠牲にならなければここからは脱出不能。出た先にも、また次の部屋が待っている。終わりなき、壮絶な殺人ゲーム！

定価520円(税込)

魔界の塔

「絶対にクリアできないゲーム」があるという。ゲーマー嵩典の友人達も、噂のゲーム『魔界の塔』に挑んでプレイ中に倒れ、次々と病院送りに。画面に現れた「お前も、石にしてやるわ」とは一体⁉

定価520円(税込)

パラシュート

大学生の賢一と光太郎がテロリストに拉致された。だが、首相は、この事件をなかったことに。用無しになった2人を、テロリストはヘリコプターから突き落とす。その瞬間、賢一は復讐を決意した！

2011年5月中旬刊行
定価480円(税込)

単行本 自殺プロデュース

美人指揮者・真理乃が率いる極秘サークル「レーヴ・ポステュム（死後の夢）」の活動は、自殺者のために音楽を奏でること。メンバー6人は、〝完璧な死〟を作るため、狂気の暴走を始める！

定価1155円(税込)

幻冬舎文庫